U0919100

"动物小说大王"沈石溪主编

世界经典动物小说精粹

莱茜回家

[英国] 埃里克·奈特 著　方晓青 译

译林出版社

金子般的心肠

——为“世界经典动物小说精粹”丛书作序

著名儿童文学作家、上海作家协会理事　沈石溪

全世界所有的少年儿童都喜欢动物,都对动物感兴趣。孩子通过和猫、狗、鸡、鸟、金鱼、蟋蟀等走兽飞禽昆虫打交道,才从感性上逐步认清人类的价值和人类在地球上的位置。正由于少年儿童和动物这种天然的友谊,描写动物的作品才经久不衰,备受青睐。

动物小说不同于传统的动物童话、动物故事和动物传记文学。比起动物童话来,动物小说受物种自然属性的严格限制,不能随意违反常规改变描写对象的行为特征,讲究科学性和真实感。比起动物故事来,动物小说的笔触由动物的行为层面进入到心理层面,形象由类型化上升到个性化,并注入哲理意蕴。比起动物传记文学来,动物小说注重艺术构思,使作品充满想象力

和浪漫色彩。

动物小说破译野生动物的行为密码，揭示不同物种间的行为差异，具有知识性和趣味性，能满足少年读者强烈的求知欲。动物小说的主人公是动物，动物受弱肉强食的丛林法则支配，生活惊险曲折，命运跌宕起伏，所以动物小说特别适合青少年读者的阅读口味。动物小说所描写的对象不受人类法律、道德和社会习俗的钳制和束缚，善恶美丑浑然一体，更接近生命的真实。动物小说折射出人生的复杂与严峻，让读者从中感知人世间种种悲剧与问题的原始起因，窥探到生物层面上的终极答案。由此，动物小说经得起时间的淘洗，具有久远的生命力，理所当然受到青少年读者的钟情和迷恋。

这次，由江苏译林出版社和“上海吴童文化”工作室联袂推出的“世界经典动物小说精粹”丛书，可以说是世界动物小说的精品荟萃和艺术盛宴。世界动物文学形成已有一百多年历史，作品汗牛充栋、卷帙浩繁，而这套书的作品，每本都是精中选精，优中择优，编选了《黑骏马》《莱茵回家》《忠犬波比》《野性的呼唤》《白牙》《西顿野生动物故事精选》六部国外作品。可以说，每一部都是某个时期动物小说创作隆起的一道山脉，都是世界动物文学王冠上的一颗明珠，都是人类文化宝库中的精品和不朽之作。

这六部作品涉及五位作家。请允许我对这五位作家一一做个简要评述。

加拿大的欧内斯特·西顿是享有国际声誉的作家，动物小说体裁的开创者。西顿出生在英国的南希尔兹，六岁时和家人一起来到加拿大。他学过自然科学，后来又到法国学过写生画，既是作家，又是博物学家和画家。他天生喜爱动物，年轻时就开始悉心观察、研究大自然里的飞禽走兽；后来又在加拿大的草原开办农场，亲自饲养各种动物；曾在巴黎举办个人画展，展出他的动物画。1898年《我所知道的野生动物》出版，为八种不同的动物写“传记”，从它们幼时写到衰老或由于人类的暴虐无道而夭亡。这本书获得极大的成功，奠定了他不可撼动的“动物文学之父”的崇高地位，也使得他在经济上获得了独立，并赢得了美国总统西奥多·罗斯福的友谊。一个多世纪以来，西顿的作品一直是热爱野生动物者的必读经典，广受不同肤色、不同民族青少年的喜爱。

阅读西顿动物小说，能强烈感受到他热爱大自然、热爱野生动物的伟大情怀。因为热爱野生动物，所以他对肆无忌惮猎杀和迫害野生动物的人类予以强烈的谴责。西顿曾公开说过：“自由的野生动物有着高贵的自尊和伟大的情感，它们也是我一生中见过的最富有人情味的生命。我们人类才是一群靠着发达的头脑肆意毁灭自然、践踏生命的野兽。”西顿毫不隐讳地表达了这样一个理念：在人与动物的关系中，动物常常是无辜的受害者，卑鄙下流、不讲信义的反而是人。惊世骇俗，振聋发聩，直逼人心！这样的观点，今天看来，也许算不了什么，但在一个多世纪前，环保意识远不如今天这般深入人心，以动物的纯真来反衬人类的卑鄙，以动物的善良来对照人类的贪婪，以动物的美丽来反观人类的丑陋，是需要极大勇气的。西顿可以说是全世界首位野生动物代言人和保护神。他的动物小说给几代读者带来美的享受；他敬畏生命、尊重野生动物的理念，也深刻影响了后来的动物小说作家，成为动物小说创作永恒的价值追求。

杰克·伦敦是世界文学史上享有崇高声誉的作家，也是动物小说的开山鼻祖。他一生的经历非常复杂。他是私生子，当过报童，做过工人，当过盗贼，蹲过监狱，做过水手，上过捕鲸船，做过淘金者，做过记者，甚至当过拳击手。他只活到四十岁，对生活绝望而自杀。杰克·伦敦写作的时间也很短，1899年发表第一篇文章，1916年自杀身亡，创作时间十八个年头，却留下了五十多部作品，也算是一位高产的作家。最著名的作品是长篇小说《热爱生命》，讲述一个淘金者被同伴抛弃，荒野迷路，与一只病狼争夺活下去的机会，最后杀死病狼、靠吃狼肉走出了迷途。

杰克·伦敦还创作了“野性三部曲”：《野性的呼唤》《海狼》

和《白牙》。这几部描写动物和野性的小说，用黄钟大吕为动物放声唱出一支狂野的歌，被誉为动物小说的经典之作和开山之作。这套丛书收录了杰克·伦敦两部最重要的动物小说《野性的呼唤》和《白牙》。

《野性的呼唤》写一条名叫巴克的狗目睹人世间的冷酷无情，最后在荒野狼群的呼唤下逃入了森林，变成了狼。《白牙》描写一只有四分之一狗的血统的混血狼。它从小失去父母，在弱肉强食的丛林里受尽残酷生活的折磨，被迫去做“斗犬”。人在狗身上押注赌钱，让猛犬自相残杀，人在一旁观赏取乐。经过一系列变故，白牙九死一生，身上伤痕累累，心灵也严重受伤，仇恨同类，仇恨人类，仇恨一切，变成一只暴戾、残忍、变态的狼。这个时候，它遇到了新主人斯科特先生。斯科特先生代表了人类的理性、正义和宽容。更重要的是，斯科特先生有一颗包容残缺生灵的爱心。在斯科特先生的悉心调教下，白牙感受到了生命的温情，因爱而对主人忠心耿耿，变成一条忠勇的狗，最后与入室作恶的歹徒搏斗，拼死护卫主人家庭。

杰克·伦敦虽然写的是动物，但身为现实主义作家，笔锋所指就是那个时代混乱不堪的美国社会，批判把人异化成兽的恶劣生存环境。

这两部经典动物小说揭示了这样一个跨越时空的主题：饥

饿与贫穷会把人变成兽，把狗变成狼；互相仇恨无助于改变苦难的生活，只会让生活变得越来越糟糕；只有爱和信任，才能从根本上消除偏见，让人过上祥和幸福的生活。

从艺术角度看，这两部作品结构精美完整，把“野性——堕落——叛逆——转变”的过程写得环环相扣，天衣无缝，合情合理，顺理成章，令人信服。语言鲜活优美，极具表达力，无论描写狗，还是刻画人，都能写出其特征和个性，将其活灵活现地展现在读者面前。

这套丛书另一部堪称经典的动物小说是《黑骏马》。这是19世纪中叶一位英国女作家写的作品。有意思的是，这是一位仅有一部作品的作家。安娜·休厄尔十四岁时意外摔伤膝盖，落下残疾，从此终身离不开拐杖。她对动物充满仁爱之心，尤其对马，视之为生活中最好的伙伴。她驾车从来不用鞭子，而是通过缰绳的变化和自己的话语来指引马。出于对人类虐待动物的强烈不满，她花了六年时间创作了《黑骏马》。她希望通过黑骏马苦难而又辉煌的一生唤醒人们的善心和同情心，“要仁慈地对待动物”。虽然安娜·休厄尔一生只写了一本书，但这本书却给她赢得很大声誉，自出版之后就轰动欧洲文坛，被译成多国文字，畅销不衰，广泛流传，还多次被搬上大银幕。这本书的问世，还影响了动物文学的发展趋势。这是第一部以马作为主人公的小说。第一次以马的视角来看世界，这在以前的动物文学里是从来没有过的。因此，《黑骏马》被誉为“第一部真正的动物小说”。

收进这套“世界经典动物小说精粹”的另一本书是英国作家埃里克·奈特写的《莱茜回家》。这是一部写狗的小说，主角是一条名叫莱茜的狗，忠诚、勇敢、执着、善良、坚忍……与主人结下了终生不渝的友情。这是以当时一只苏格兰牧羊犬的真实故事为蓝本写的小说，带有明显的纪实文学风格，用最真实、最细腻、最感人、最温情的笔触描摹出动物丰富深邃的内心和情感世界，抒写了生命的尊严和自由的梦想。世界上写狗的作品很多，但唯有《莱茜回家》被公认是“关于狗的全球性经典小说”，一出版便荣登畅销榜，不仅成为美国每月读书会特别推荐图书，而且出版三年后被世界著名电影公司米高梅搬上大银幕，影片大获成功，也一举捧红了当年的童星伊丽莎白·泰勒。此后的半个多世纪里，莱茜的故事又被英国、加拿大、日本等多个国家改编成七部电影、一部广播剧和一部长篇电视连续剧。莱茜也因此成为长盛不衰的明星狗。

丛书里最后一部外国小说是美国作家埃莉诺·阿特金森写的《忠犬波比》，也是写人与狗之间生死相依的高贵情感。作者是长期从事新闻工作的记者。据说这部小说的素材来源于真实发生的事件。小说情节并不复杂，写一只名叫波比的小狗与老主人相依为命。老主人病逝后葬于教堂墓地，波比忠诚不渝地守护在老主人墓旁，至死也没改变。波比的忠贞得到人们的广泛尊重，死后得到了一座属于它自己的纪念碑。这个题材与人心冷漠、世态炎凉的西方社会无疑形成了鲜明的对照，通过一条狗的行为来反观人类自身的行为，具有很强的针对性和特殊的现实意义。

毫无疑问，这套“世界经典动物小说精粹”的出版，是动物小说一次辉煌的展览，一次阵容整齐的亮相，一次威武雄壮的检阅。

值得一提的是，这六部作品都是请既精通外文又具有很高文学素养的翻译家重新做的翻译。新译本既保留了经典的高品质，在文字表达上，又恰当地融入了中国元素和时尚元素，增强了文学魅力，可以说是一种文化的提炼和艺术的雕琢，使得作品焕然一新，更适合中国读者阅读。

这套书里也精选了我的一些动物小说代表作，放在《沈石溪动物小说精选(一)》和《沈石溪动物小说精选(二)》两本书里。

最后，我要为这篇序做一个破题：为什么要用“金子般的心肠”来做这篇序的题目呢？首先要介绍这句话的出处。这句话出自波兰著名作家扬·格拉鲍夫斯基之口。扬·格拉鲍夫斯基也是一位优秀的动物小说作家，曾写过《乌鸦天使》。我借用扬·格拉鲍夫斯基这句名言，想表达三层意思。第一层意思，与扬·格拉鲍夫斯基相同,在与动物的长期交往中,我也深有感触,那些可爱的动物有“金子般的心肠”;第二层意思,那些用心血来描写动物灵性的作家也具有“金子般的心肠”;第三,喜欢阅读动物小说的青少年读者都是热爱大自然、关爱生命的人,善良仁慈,也有“金子般的心肠”。

人人都有“金子般的心肠”,世界就会变得越来越美好。

是为序。

2016年4月13日写于上海梅陇书房

目录

第一章　多少钱都不卖

格里诺桥的每个人都认识山姆·卡拉克劳夫家的莱茜。莱茜其实称得上这村里最有名的狗——原因无外乎三点。

首先，几乎所有人都说从没见过像她这么漂亮的狗。

这当然是无上的赞美，因为格里诺桥所在的约克郡是全世界最看重狗的地方。在这荒凉的英格兰北部，养狗的风气比其他地方都盛。广袤旷野上的狂风冷雨不仅塑造了当地人的强壮身材，也使当地的狗格外体型矫健、皮毛丰美。

那里的人喜欢狗，也擅长养狗。这个英格兰最大的郡有数以百计的小矿村，无论你走进哪一个村子，都会发现那儿的矿工虽然衣着褴褛，脚边的狗却是血统纯正，风度高贵，令任何地方爱狗的有钱人见了都会满心羡慕。

格里诺桥村也不例外。村里人不仅知道狗的品种来历，熟悉其脾气秉性，对狗甚至可以说是一往情深。然而，尽管无可挑剔的狗随处可见，大家却都异口同声地说，假使村里果真有哪条狗能胜过山姆·卡拉克劳夫家的三色柯利犬，那也一定是老早以前的事了，至少他们自己这辈子没有见过。

但莱茜这么出名还另有缘故。正如村里的主妇们说的："要想对钟，看莱茜就行！"

那已经是多年以前的事了，莱茜还只是一条机灵莽撞的小狗崽。有一天，山姆的儿子乔伊放学回家，一进门就兴冲冲地直嚷嚷：

"妈妈！妈妈！今天我从学校出来，你猜见着谁在门口等我了？是莱茜！你说她怎么知道我在那儿的？"

"一定是她闻着气味找到你的，乔伊。我看就是这么回事儿。"

不论是不是这么回事儿，到了第二天，莱茜又等在学校门口了，第三天，依然如此。接下来的每个星期、每个月、每一年，莫不如此。到后来，主妇们瞥一眼小屋窗外，开店的站在临街的铺子门口，只要看见这条黑白棕三色的柯利犬雄赳赳、笃悠悠地经过，他们就会说：

"准是四点差五分了——瞧，那不是莱茜么！"

晴天也好，雨天也罢，这狗总会等在那儿，直到从水泥操场那边飞奔来几十个小男孩。而这些孩子中间，莱茜在乎的只有一个。

每天的这一刻，都是喜悦的相逢。然后，男孩便带着狗一道回家。四年来从不间断。

莱茜是村里的宠儿，几乎人人都认识她。不过，格里诺桥村的人之所以以莱茜为荣，还因为她象征着某种难以言表的东西——这种东西关系到他们的自尊心，而他们的自尊心又和金钱有关。

通常，谁家若养了一条出类拔萃的狗，有朝一日，这条狗就不再是狗了，而变成了一种四条腿能换钱的东西。当然它的外形依旧还是一条狗，但意义却不同了，因为它也许会被有钱人得知，或是被精明的狗贩子、驯狗人看中，这些人就会来把它买走。有钱人也会像穷人一样爱狗——这一点上，两者并没有不同——所不同的在于他们对钱的态度。比如穷人必须要盘算冬天得烧多少煤，得为家里人添多少双鞋，还得买多少食物才能把孩子们喂饱——这么着，他们就得回家去说：

“瞧，我没别的法子。不准啰嗦了！过些日子之后我们再养条狗，你们照样会喜欢它的。”

格里诺桥村的许多人家就是这样把好狗给卖了，可是莱茜却不一样！

全村人都知道甚至连鲁德林公爵都没能从山姆·卡拉克劳夫手里把莱茜买走——就是住在一英里外的大庄园里，养了好多良种狗的鲁德林公爵。

三年来，公爵一直想买走莱茜，可山姆就是不松口。

“先生，您再提价都不成，”山姆说，“因为——嗯，因为她是给多少钱都不卖的。”

村里人都知道这事儿，也因为此，莱茜对他们来说意义非凡。因为她代表着某种尊严，某种无法用金钱换取的尊严。

不过，狗固然听命于人，人却受制于命运。一生中总有些时候，人为命运所迫，不得不低下头，咬咬牙，为了全家人的肚子，顾不上尊严。

第二章 “别的狗我不要”

狗不见了！除此之外，乔伊·卡拉克劳夫就什么都不知道了。

那天，他和同学们一道跑过操场，冲出校门，跟全世界每个放学的孩子一样兴高采烈。可是，当他不由自主地按着千百天来养成的习惯，跑到校门外莱茜平常等待他的地方，却并没有看见她的影子！

乔伊·卡拉克劳夫是个结实的孩子，生了一张讨人喜欢的面孔，棕色的眸子，宽阔的额头。此刻，他站在那里，皱起眉头，不明白究竟出了什么事。他简直不敢相信自己的眼睛。

他站在街边东张西望。也许是莱茜迟到了！可他知道这不可能，因为动物和人不同。人虽说有钟表，却总是发现自己“晚了五分钟”。而动物才不需要什么机械装置来报时，它们生来就有一种比钟表更准确的计时器，那就是万无一失的“时间感”。每天什么时候该做什么事情，它们永远有十足的把握，分毫不差。

乔伊明白这一点。他经常跟爸爸说起这件事，问他莱茜怎么知道什么时候该出发去学校的。莱茜不可能迟到。

乔伊站在初夏的阳光里琢磨着,突然一个念头闪过:

也许她被车轧了!

他不由心头一慌,但立刻对自己说:不可能。莱茜训练有素,绝对不会在街上乱跑。她总是优雅稳健地在人行道上走。更何况格里诺桥村里压根儿就没什么车。汽车干道远在一英里外的河谷,只有一条小路通到村里,然后岔成几条羊肠小道延伸到旷野。

也许莱茜被人偷了!

可这也不太可能。莱茜不会让陌生人碰自己一下,除非家里人命令她顺从。再者,方圆几英里的人都知道莱茜的大名,谁敢斗胆偷她呢?

那么她究竟去哪儿了呢?

乔伊·卡拉克劳夫想到解开谜题的办法了,那就是和全世界的孩子一样,跑回家去问妈妈。

他竭尽全力飞奔,一秒钟也没耽搁,跑过沿街的店铺,穿过村子中心,转进上坡的小道,冲进院门,跑过花园小径,一脚踏进小屋,嘴里嚷道:

“妈妈!妈妈!莱茜出事了!她没来接我!”

话一出口,乔伊就感到了蹊跷。屋里竟然没有一个人跳起来问他怎么回事,没有一个人担心宝贝狗出了什么意外。

乔伊察觉到了。他背靠屋门站着等父母开口。他母亲垂下眼

脸，望着桌上刚摆好的茶点。她愣了片刻，然后转脸看着丈夫。

乔伊的父亲坐在壁炉前的矮凳上，转头来看看儿子，又慢慢转回去，凝视着炉火，始终一言不发。

“妈妈，怎么了？”乔伊突然喊起来，“出什么事了？”

卡拉克劳夫太太慢慢将一个盘子放在桌上，终于开口了：

“唉，总得有人告诉他。”那口气就像是对空气说话似的。

她丈夫一动不动。她便转过脸来看着儿子。

“还是早告诉你的好，”她说，“莱茜不会再去学校接你了。嚷嚷也没用。”

“为什么？她怎么了？”

卡拉克劳夫太太走到壁炉边，把水壶放到炉子上，背对着乔伊答道：

“因为她被卖了。就这么回事。”

“卖了！”孩子提高嗓门嚷道，“卖了！你们为什么要卖她？莱茜！为什么要卖掉她！”

母亲气恼地转过身。

“就是卖掉了，她走了，没有了。别再问为什么了。没用的。她走了，就是这么回事——别再提了。”

“可是妈妈……”

孩子不解地大声嚷道，却被母亲打断了。

“别再提了！过来吃茶点！快，坐下！”

孩子乖乖走到桌边坐下。卡拉克劳夫太太对壁炉边的丈夫说：

“山姆，来吃茶点吧。也没有什么好东西吃，唉，老天爷……”

山姆突然站起来，满脸怒气。妻子立刻不吭声了。丈夫一言不发，大步走到门口，取下钩子上的帽子就出去了。门砰的一声关上，小屋里一片静默。过了好一会儿，母亲才又开口，训斥道：

“瞧你干的好事！惹得爸爸这么生气。这下你高兴了吧。”

她疲惫地坐下来，瞪着桌子发呆。小屋里寂静无声。乔伊觉得母亲不该怪他，但他也明白母亲训斥他只是为了掩盖自己的痛苦。这儿的人就是这样，他们性格粗犷，脾气倔强，过惯了苦日子。若是有什么事情触动了他们的感情，他们宁可把感情隐藏起来。女人会骂人，会唠叨，但她们并非有意如此，那都是为了隐藏内心的痛苦，等痛苦过去之后……

“快来，乔伊，来吃吧！”

母亲的声音已经变得温和而耐心。

孩子盯着盘子，动也不动。

“快点，乔伊，吃黄油面包。瞧这面包多新鲜，我今天刚烤的。你不想吃吗？”

孩子耷拉着脑袋。

“我什么也不想吃。”他嘟囔道。

“哎，狗、狗、狗！”母亲突然大发雷霆，又吼起来，“全是一条狗惹出来的！要我说，莱茜走了我很高兴。是的，很高兴。照顾她就跟照顾孩子一样麻烦！现在总算走了，清静了，我很高兴——太高兴了！”

卡拉克劳夫太太胖乎乎的身子颤抖起来。她抽泣着，从围裙口袋里掏出一条手绢擤起鼻子来。终于，她的目光落到儿子身上，见他依然一动不动地坐着，便悲伤地摇摇头，说：

“乔伊，过来。”她的声音又是温和而耐心的了。

孩子站起来，走到母亲身边站定。母亲伸出胖乎乎的手臂搂住儿子，脸转向炉火，说道：

“乔伊，你现在长大了，能懂事了。你瞧，嗯——你知道近来我们家日子不太好过。你明白是怎么回事的。我们得张罗一日三餐，还得付房租——莱茜能卖一大笔钱，况且——况且我们也养不起她了。现在生计艰难，你一定不要——一定不要惹爸爸生气。他的烦心事够多了——而且——唉，就是这么回事。莱茜已经走了。”

乔伊·卡拉克劳夫站在母亲身边。他的确懂事了。在格里诺桥村，即便是十二岁的孩子都明白什么叫作“生计艰难”。

打从孩子们记事起，他们的父亲就一直在村外的卡拉贝尔煤矿上班。他带着饭盒和矿灯，上班、下班；他的工作就是挖煤。可后来日子“艰难”了，煤矿“不景气”，工人的收入就少了。有时候，矿上的情况好转，工人又能正常去上班。

每当这时，大家就都很高兴。这并不是说他们能挥霍了，矿村的日子再好过也是艰苦的，但至少一家人都和睦团结，有生活的勇气，即使摆上桌的只有粗茶淡饭，但也足够填饱肚子。

可就在几个月前，煤矿彻底关停了。矿井顶上的大轮子再也不转动了，工人也不再络绎不绝地去矿上换班。他们都去职业介绍所报到，等待新工作的机会。但总是一无所获。他们好像就处在报纸上所说的“重创地区”——工业完全崩溃的地区。整个村子的人都丢了饭碗，没了生计来源。政府开始发放“救济金”，一周一次，大家才勉强活下去。

乔伊全明白。他听见村里的人在议论这事儿，也看见大家都挤在职业介绍所等待。他知道自己父亲也失业了，但父母从来不在他面前提起——他们虽然性情粗犷，内心却温和体贴，尽力不让生活的重担压到他幼小的肩膀。

这些道理他都懂，可他的内心深处仍在为失去莱茜而呐喊。但他强忍住，站稳身子，问了一个问题：

“妈妈，我们以后能再把她买回来吗？”

“听着，乔伊，她很值钱，我们买不起。不过我们以后可以再养一条狗的。耐心点，日子会好起来的，到时候我们就再买一条小狗。好不好？”

“别的狗我不要。绝对不要！我只要——莱茜。”

第三章　坏脾气老头儿

鲁德林公爵站在杜鹃花篱边，愤怒地四下张望，突然又拔高声音吼起来：

“海因斯！海因斯！这小子跑哪儿去了？海因斯！”

此刻，公爵涨红了脸，满头白发乱蓬蓬的——这模样太符合他的称号了：约克郡三个地区脾气最坏的老头儿！

不管这名声给的是否理所应当，至少他的言谈举止确实给人这样的印象。

也许因为公爵耳背得厉害，他无论跟谁说话都像是在对整个步兵旅发号施令（就跟多年前一样），而且他还会拼命挥舞手中的黑刺李手杖，来强调那些早被强调过了头的话。最后一点，他之所以脾气坏，乃是因为他根本就对这个世界缺乏耐心。

公爵始终坚信，这个世界就要“玩儿完了”。眼下的一切都比不上他年轻时候。马跑得没那么快了，小伙子们没那么勇敢那么有风度了，姑娘们没那么漂亮了，花长得没那么好了，至于狗，如果这世界上还有好狗的话，那也是因为养在了他家里。

公爵以为，现在的人就连英语也说得不如他年轻那会儿纯正了。他坚信，他听不清楚并非因为自己耳聋，而是因为现在的人说起话来总是咕咕哝哝、结结巴巴，才不像他年轻时候那样清晰干脆。

再瞧瞧现在的年轻人吧！公爵常会不由自主地讲上几个钟头，数落二十世纪出生的人有多么不中用。

最后这条有点莫名其妙，因为在所有的亲人中，公爵唯一能忍受的人（也是愿意忍受公爵的人）正是家里年纪最小的那个——十二岁的孙女普丽西拉。

这会儿，当公爵站在杜鹃花篱边挥舞手杖怒吼的时候，普丽西拉跑来救他了。

小姑娘灵巧地闪过呼呼生风的手杖，拉了拉爷爷的粗花呢大衣口袋。气得胡子直翘的爷爷转过身来。

“哦，是你啊！”他嚷道，“终于有人来了，真是奇迹！这世界究竟是怎么了？仆人没一个靠得住的！每个人都是聋子！这国家玩儿完了！”

“胡说。”普丽西拉答道。

她是个沉着有头脑的女孩子。和爷爷相处那么久，她已经认为他们俩是完全平等的——一个是老小孩，一个是小大人。

“你说什么？”公爵低头看着她，嚷道，“大声点！别咕咕哝哝的！”

普丽西拉搂着他的脖子往下拉，对准他的耳朵喊道：

“我说啊——你胡说！”

“胡说？”公爵嚷道。

他瞪着她，然后放声大笑。对于普丽西拉，他有一套颇为奇怪的见解。他认定，如果普丽西拉有胆量跟他顶嘴，那准是继承了他的魄力。

因此，公爵看着孙女，心情好多了。他摸了摸浓密的白胡子——他的胡子可要比现在的人留起来的那种胡子有气派得多。

“啊，你过来可太好了，”公爵声音洪亮地说道，“我想要你看看我新买的狗。她真是太棒了！非常漂亮！是我见过的最好的柯利犬。”

“她应该没有以前的柯利犬棒吧？”普丽西拉问道。

“别咕咕哝哝的，”公爵嚷道，“我一个字都听不见。”

其实他听得可清楚了，只是决定不予理睬罢了。

“我就知道早晚能买到，”公爵继续说道，“三年前我就有这打算了。”

“三年前！”普丽西拉惊呼道。她知道爷爷希望听她这么说。

“没错，三年前。哼，他以为我拿他没办法，可他想错了。三年前，我出十镑，他不肯卖。前年我出到十二镑，他还是不肯卖。去年我又加到十五镑，跟他说我可不会再让步了——我是认真的。但他不相信。你瞧吧，挺了六个月，他送话来说愿意接受了。”

公爵似乎很得意，普丽西拉却摇摇头。

“你怎么知道她没有被处理过?”

这么问很自然，因为老实说，约克郡人不仅仅擅长养狗，而且有时候还会聪明过了头。他们常常悄悄动手脚，掩盖狗身上的毛病，也许是歪斜的耳朵或是有缺陷的尾巴，好让这些缺点难以被发现，直到过了一阵子之后，不知情的买主付了钱回到家，才会真相大白。这套把戏就叫作“处理”。买卖狗就跟买卖马一样，都有这样一条不成文的规矩——一经售出，概不负责!

不过，公爵听到普丽西拉这么问，只是把嗓门提得更高了。

“我怎么知道她没有被处理过?因为我也是约克郡人啊。他们那些个把戏，我全知道，而且还比他们懂得多一些呢。我敢打赌这条狗毫无问题。而且卖给我的那个人——他叫什么来着——卡拉克劳夫，我太了解他了。他绝对不敢那样对付我，绝对不敢!”

公爵一边说，一边挥舞着黑刺李手杖，仿佛要把所有胆敢耍弄他的人打到爪哇国去。他领着孙女沿小径朝狗舍走去。两人在铁丝网围住的跑狗场前停下，望着里面的那条狗。

普丽西拉看见一条身形出众的黑白棕三色柯利犬。她趴在地上，乌黑的脑袋优雅地搁在前爪上，颈边和胸前铺展开大片的雪白长毛，显得气度非凡。

公爵对着狗咂咂舌头。可那狗毫无反应，只是动动耳朵，表示听见了。她趴在那儿，根本没有抬眼去看面前的这两个人。

普丽西拉弯腰拍拍手，飞快地说道：

“来，柯利！过来！上我这儿来！过来！”

柯利犬只瞥了小姑娘一眼，棕色的大眼睛里仿佛满是幽怨和哀伤。然后，那双眼睛又转了回去，茫然地望着前方。

普丽西拉站直身子，说：

“爷爷，她好像不对劲！”

“胡说！”公爵嚷道，“她好着呢。海因斯！海因斯！这小子藏哪儿去了？海因斯！”

“来了，老爷，来了！”

养狗人带着鼻音尖声应道，一边从狗舍后面出来，跑到跟前。

“来了，老爷。您叫俺，老爷？”

“是啊，是啊。你聋了吗？海因斯，这条狗是怎么回事？她好像不太舒服。”

“是，老爷，她不肯吃东西，”养狗人带着口音，习惯性把“我”发成“俺”，急急忙忙地解释道，“要俺说啊，她是被惯坏了。那些乡下人老惯着狗，给它们吃好的，喝好的。不过俺会把她调理好的。出不了几天，她就会好好地吃这儿的狗粮了，老爷。”

“嗯，看好她，海因斯！”公爵嚷道，“你好好看着这条狗！”

“是，老爷，您放心！”海因斯恭敬地答道。

“你最好留点神。”公爵说完，便喃喃着离开了。

他有点失望。原本是想让普丽西拉来看看他做成的这笔好买卖，不料却让她看到一条对人爱理不理的狗。

他听见她说了句什么。

“你说什么？”

小姑娘仰起头。

“我说，那个人为什么要卖狗？”

公爵站住了，挠挠耳朵。

“这个嘛，我想是因为他知道我不可能再加价了吧。我跟他说我一分钱都不会加了，所以他终于明白我是认真的。就这么回事儿。”

祖孙俩返回古老的大宅后，养狗人海因斯转身瞧着跑狗场里的这条狗。

“俺非得看着你吃东西不可，”他自言自语道，“俺可要看着你吃，就是塞也要从你喉咙里塞进去。”

那狗一动不动，只是眨了眨眼睛，仿佛不愿理睬铁丝网外面的这个人。

海因斯走了，莱茜依然纹丝不动地趴在阳光下。影子越来越长，她不安地站起来，抬起头迎着风嗅了嗅，却仿佛并没有嗅到她寻找的气息。她低声呜咽着，开始在铁丝网后来来回回地踱步。

她是一条狗，不会像我们人类那样用语言来思考。只是在她的头脑中、在她的身体里逐渐升起一种渴望，起初很模糊，但慢慢越来越清晰。体内的时间感开始驱动她的头脑和肌肉。

突然间，莱茜知道自己在寻找什么了。她知道了。

第四章　莱茜回家了

当乔伊·卡拉克劳夫放学后走出校门时，他简直不敢相信自己的眼睛。他愣了片刻，突然激动地喊起来：“莱茜！莱茜！”

他欣喜若狂地跑到柯利犬身边跪下来，手指抚摸着她的长毛，脸埋在她的鬃毛里，轻柔地拍着她的身子。

然后他站起身，兴奋得手舞足蹈。奇怪的是，虽然男孩喜形于色，那狗却冷静得很。她坐在那里，只是摇了摇白尖儿的尾巴，表示自己很高兴见到他。

她仿佛在说：

“为什么这么兴奋？我应该到这里来的，因此我就来了。有什么可惊奇的？”

“过来，莱茜。”男孩说。

他转身走上大街。此刻他并不知道莱茜为什么会出现在这里。虽然心里有一丝疑惑，却被他立刻

打消了。

何必追问奇迹为什么发生？既然发生，就足够了。

但思绪并没有平息，而他再次将之压住。

是父亲又把她买回来了吧？也许就是这样！

他沿着大街飞奔，莱茜仿佛也受到了感染。她兴高采烈地伴随他飞奔，忽而高高跃起，发出喜悦的吠声，开心地咧着嘴——所有柯利犬感到愉快时都会这样，让主人认定他们的狗会在心满意足时哈哈大笑。

经过职业介绍所时，乔伊放慢了脚步。这时他听见有人在喊他：

“喂，小伙子！在哪儿找到你的狗的？”

说话人带着浓重的约克郡口音，乔伊也用相同的口音回答他。虽然学校里说的是“标准”英语，但是跟大人说话时要用他们的口音，这才算礼貌。

“在学校门口。”乔伊高声答道。

话刚出口，他就明白怎么回事了。父亲并没有把狗买回来，不然大家都会知道的。在格里诺桥村这样的小地方，人人都知道别人家发生了什么事。尤其是，在这个村里，大家不可能不知道转卖莱茜这样的大事。

莱茜是逃出来的！肯定是这样！

想到这里，小乔伊再也高兴不起来了。他满腹疑惑地慢慢转上通往家里的上坡路。到了家门口，他转回身，悲伤地对狗说：

“跟在后面，莱茜。”

他双眉紧锁地站在门外，想了一会儿，然后装出一副平静的表情，推门进屋。

“妈妈，”他说，“我遇到了一件意想不到的事。”

他向妈妈伸出手，仿佛这样就有可能实现他最大的愿望了。

“莱茜回来了。”他说。

他发现母亲目不转睛地注视着他，父亲坐在炉火边抬起头来。然后，两人的眼睛都转向了乖乖地跟在他身后的狗。他们愣愣地盯着她，却一言不发。

柯利犬好像明白这沉默的含义，她停下脚步，片刻之后才继续往前走，耷拉着脑袋。当狗意识到自己做错了什么时——虽然并不清楚究竟做错了什么——都会这样。她来到壁炉前的地毯上，摇着尾巴，仿佛在说，无论犯了什么大错，她都愿意弥补。

但她似乎并没有得到原谅，因为主人猛然别过头去，重又看着炉火，把狗撇在脑后不去理睬。

狗慢慢卷起尾巴，趴在地毯上，身子触到了主人的脚。主人却把脚一缩。狗便将脑袋搁在前爪上，同主人一起凝视着壁炉深处，似乎在那金黄的幻妙世界中能找到解开他们所有烦恼的办法。

还是女主人先做出了反应。她双手背到身后，长长叹了口气——那分明含着怒气。乔伊抬头望着她，然后，为了软化他们的铁石心肠，他有意欢快地说了起来：

“我一走出学校就看见她等在那儿啦，就跟平常一样，等在校门口。她见到我的样子，真是比谁都高兴呢！她冲我直摇尾巴，可开心了！”

话语不断从乔伊嘴里蹦出来，仿佛只要他滔滔不绝地说下去，父亲或是母亲就不会说出那些他害怕听到的话。他要用自己的话把他们的嘴堵上。

“我一眼就看出来她想家——她想我们呢。所以我想把她带回来，然后我们只要……”

“不行！”

母亲厉声打断了他。这是父母第一次开口。乔伊一下子愣住了，但立刻再次滔滔不绝地说起来。他要努力实现自己的心愿，也要防止不愿意看到的事情发生。

“可是她已经回来了呀，妈妈。我们可以把她藏起来。他们不会发现的。我们就说从来没有看见她，然后他们就会……”

“不行！”

母亲斩钉截铁地又说了一遍。

她愤怒地转回身，继续摆茶点。然后，她再次用村里主妇们惯用的办法，在训斥里寻求安慰，用冷酷尖刻的话语掩盖真实的感情。

“狗、狗、狗！”她吼道，“我听见这个字就恶心！我决不留她。她已经卖了，走了，跟我们没关系了。她越早出去，我越高兴。马上把她弄出去！赶快！不然就要把那个叫海因斯的给招来了——那个自以为是的海因斯大爷！”

最后那几个字，她尖起嗓子模仿海因斯的口音。鲁德林公爵的养狗人是伦敦来的，他那口急促的南部口音让说话慢悠悠的当地人听着就烦。

“我的话你可听好了，”母亲继续说道，“不乐意也没有用。她已经卖了，所以立刻把她给人家送回去。”

乔伊见母亲不可能向着自己了，便转而看着坐在壁炉边的父亲。可父亲好像什么也没有听见似的。乔伊倔强地噘着嘴，仿佛在思索新的突破口。而这时候莱茜为自己找到辩解的办法了。既然屋子里已经安静下来，她便以为一切都已风平浪静。她慢慢站起来，挨到主人身边，用修长的嘴推推他的手——当狗希望得到主人关心和安慰时，就会这样。可主人却把手抽了回去，依然凝视着炉火。

乔伊看到这一幕，开始劝说他父亲。

“哎呀，爸爸，”他难过地说，“你至少该欢迎她回来吧。她又没有犯错。她回来可高兴了。你就拍拍她嘛。”

乔伊的父亲毫无反应,好像根本没听见儿子的话。

“你瞧,那些人根本就没有照顾好她,”乔伊继续说道,仿佛是在对屋里的空气说话似的,“他们到底知不知道应该怎么喂她呀?比如说嘛,你看看她的毛,有点没精神啊,是不是?爸爸,你说给她喂水的时候加点亚麻籽油会不会好一点?要是我就这么做,可以让毛色更亮一点。你说呢,爸爸?”

父亲眼睛依然看着炉火,头却不由自主地点了点。可是,如果说他还没有看出儿子的用意,卡拉克劳夫太太可已经明白了。她哼了一声。

“哎哟,”她对儿子吼道,“要是连这点养狗的招数都不知道,还怎么配姓卡拉克劳夫,怎么做约克郡人啊!”

她的声音震得小屋嗡嗡作响。

“老天爷,有时候我觉得村里的男人对狗真是比亲骨肉还亲。就是这么回事。现在日子这么难,他们有工作吗?没有!他们靠救济金过日子,我看他们有些人才不管自己孩子有没有挨饿,只要狗有的吃就心满意足了。”

父亲不自然地挪了挪脚,可男孩赶紧插嘴道:

“可是,妈妈,她看上去真的瘦了。我打赌他们没有好好喂她。”

“是吗,”母亲尖刻地答道,“我敢说自以为是的海因斯大爷一定是从给狗吃的肉上面切下来最好的那部分留给自己了。我这辈子都没见过比他更瘦更刻薄的脸了。”

这么滔滔不绝地说着，母亲的眼睛却转到狗身上。

“老天啊！”她嚷道，“她的确不对劲。可怜的小东西，我得给她弄点吃的。她肯定爱吃，不然就是我不懂狗了。”

话刚出口，卡拉克劳夫太太就好像意识到自己流露的同情心跟五分钟前说的那些话完全矛盾，于是提高了嗓门，为自己找台阶下。

“但是她一吃完就得回去，”她呵斥道，“等把她送走，我可不想看到家里再来一条狗了。养狗就得喂它们、照顾它们，真是跟养孩子一样麻烦。你忙了这么些年，又得到什么好处了呢？”

卡拉克劳夫太太一边怒气冲冲地唠叨着，一边热了一盘吃的，放在狗的面前，站在儿子身边看着她兴致勃勃地吃了起来。可她丈夫始终没有转过脸来看一眼曾经属于他的这条狗。

等莱茜吃完，卡拉克劳夫太太便收起盘子。乔伊则走到壁炉边，从架子上取下一块叠好的布、一把刷子，然后在壁炉地毯上坐下，开始为莱茜整理长毛。

起先，男主人的眼睛依然盯着炉火。可过了一会儿，他还是情不自禁地瞥了一眼旁边的儿子和狗。最后，他好像再也忍耐不住，转过身伸出手来。

“这样不对，孩子，”他说，粗犷的嗓音里充满温情，“你既然开始做一件事了，就该学着把它做好。瞧——该这样！”

他从儿子手中接过刷子和布，跪在地毯上，娴熟地为狗理毛，一只手轻轻捧着柯利犬高贵的鼻吻，另一只手用布擦拭着她丰厚的长毛，动作优雅地将颈边、胸前和腹部雪一般的毛抖得蓬松。

一时间，小屋里洋溢着宁静和欢乐。男主人聚精会神地做着手头的事，丢开了一切烦恼。乔伊挨着他坐在地毯上，注视着刷子的每一下动作，并铭记在心，因为他知道——村里的每个人都知道——要说起这一带调教柯利犬的好手，无论是平常照料还是为展览准备，没有谁能赶得上他父亲山姆·卡拉克劳夫的。而他最大的梦想和抱负就是有朝一日能够成为父亲这样的养狗高手。

终于，还是卡拉克劳夫太太首先记起那个被他们赶出脑海的事实——莱茜已经不属于他们了。

“行了！”她怒气冲冲地嚷道，“该把这条狗弄走了吧！”

乔伊的父亲突然大发雷霆。他猛地转过身发了话，和村里所有男人一样，他那浓重的约克郡口音使声音更显深沉。

“你总不见得让我把她像件该洗的脏衣服似的送回去吧！”

“山姆，你听我说，”母亲说道，“如果你不立刻把她送回去……”

突然她住了口，全家人一起侧耳倾听。花园小径上传来一阵脚步声。

“瞧！”她气呼呼地嚷道，“是那个海因斯！”

她赶紧往门口跑，可来不及了，门啪地被推开，海因斯一脚跨了进来。他个子瘦小，穿着格纹外套，马裤打着绑腿。他立定片刻，眼神落到壁炉前的柯利犬身上。

“啊，果然没错，”他尖声叫道，“俺就知道会在这儿找到她。”

乔伊的父亲慢慢站起来。

“我只是给她整理一下，”他低沉地说，“然后就送她回去。”

“当然啦，”海因斯冷笑道，“你当然会送她回去——俺一点都不怀疑。只是不巧，是俺要来带她回去了——既然俺碰巧从这儿路过。”

说着，他从口袋里掏出皮带，飞快走到柯利犬面前，迅速将绳套套住她脑袋，顺势一拽。她乖乖地站了起来，垂着尾巴，跟着这个不速之客往门口走去。海因斯停住脚步，丢下几句狠话：

“你们听好了，俺可不是三岁小孩，俺知道你们那几套鬼把戏。你们这些约克佬！你们训练狗跑回家可逃不过俺的眼睛。训练狗在卖掉以后再逃脱了跑回家，这样你们就可以再卖给别人了。这一招在俺手里行不通。绝对行不通。因为俺碰巧知道你们那几套鬼把戏，绝对错不了……”

突然他不再说下去了，因为乔伊的父亲已经气得涨红了脸，往门口冲过来。

“呃——再见。”海因斯慌忙说道。

门一关，海因斯带着柯利犬走了。小屋里一片沉寂，过了很久才响起卡拉克劳夫太太的声音。

“我真是受不了，真是受不了了！”她嚷道，“没经过我同意就闯进我家里，帽子都不脱，他还以为自己是公爵老爷呢。全是因为一条狗！好了，她走了！要我说啊，早走早好！现在总算可以太平了。希望我再也不会见到她，再也不会！”

她滔滔不绝地数落着，乔伊和父亲却坐在壁炉边，都直愣愣地盯着火焰，纹丝不动，心平气和。他们已经把思绪埋在心底，就像所有北英格兰人深受困扰时一样。

第五章　“再也别回来了”

如果卡拉克劳夫太太以为事情就此解决，那她可就错了，因为第二天莱茜再次出现在学校门口。她依然恪守和乔伊的约定。

乔伊再次带她回家。他一路走一路盘算着如何争取把狗留下来。他以为事情很简单。只要父母看到狗如此忠诚，就会大发善心，让她留下，这也是对狗的奖赏。可他也知道，要说服他们并不容易。

他和莱茜一道慢慢走上回家的小径，推开屋门。屋里一切如常：母亲正在准备茶点，父亲忧心忡忡地坐在壁炉前。这些日子以来没有活干，他总是一坐就是好几个钟头。

“她——她又回来了。”乔伊说。

母亲一开口，他就知道自己的希望落空了。母亲根本没有退让的意思。

“不行，绝对不行！”她嚷道，“你不能让她进来——啰里啰嗦地恳求没有用！这就把她送回去！现在就去！”

乔伊仿佛被劈头盖脸浇了一盆冷水。约克郡人奉行的是温和而严厉的家教，乔伊在这种氛围中长大，几乎不会对父母“回嘴”。但是这一次，他认为必须开口，必须争取他们的理解。

“可是妈妈，就让她待一小会儿吧。求求你了，就一小会儿。就让我留她一小会儿。”

他觉得只要让她待上一点点时间，父母就会心软。莱茜好像也感觉到了，因为在乔伊说话的当口，她已经进屋，像往常一样走到壁炉前的地毯上趴下来。她好像知道他们在说她的事，眼睛一会儿瞧瞧这个，一会儿瞅瞅那个。这家人平常说话都很小声，这时候却扯着嗓子直嚷嚷。

“乔伊，没有用的。你越是留着她，就越是难把她送走。可她是必须走的！”

“可是妈妈——爸爸，你们瞧呀，莱茜看上去很不对劲。他们根本没有好好地喂她。难道你们不觉得……”

乔伊的父亲站起身，走到儿子面前。他脸上毫无表情，声音却充满理解。

“乔伊，这次不行了，”他低沉地说，“没有用的，孩子。我们必须把她送回去，吃完茶点就去。”

“不行！现在就去！”卡拉克劳夫太太嚷道，“要是不立刻送走，那个海因斯就又要跑过来了。我可不允许他闯进来，好像这是他自己家似的。马上戴好帽子出发。”

“可她还是会回来的，妈妈。难道你看不出来吗？她还是会回来的。她是我们家的——”

乔伊突然住口。母亲已经疲惫地瘫倒在椅了上。她瞧着丈夫，丈夫点点头，好像是赞同乔伊的话。

“你看，她还是会回来找儿子的。”父亲说。

“可我没有办法啊，山姆，必须让她回去。”卡拉克劳夫太太一字一句地说道，“如果她是回来找儿子的，那你就把儿子也带上。让他跟着你去，由他送狗回去，跟她告别，告诉她待在那儿别回来了。说不定她就懂了，心甘情愿留下不再回来。”

“喔，有道理，”父亲慢慢说道，“乔伊，戴上帽子，跟我走。”

乔伊难过地戴上帽子。父亲轻轻吹了一声口哨，莱茜便乖乖地站起身。父子俩带着狗，一道离开小屋。乔伊听见身后传来母亲的声音，那声音疲惫得仿佛马上就要哭出来似的。

“如果她能待在那儿，我们说不定就能过几天太平日子，可是天知道究竟会不会太平，看看眼下这种情形……”

乔伊默默地跟着父亲和莱茜往前走，渐渐就听不见母亲的声音了。

“爷爷，”普丽西拉问，“动物是不是能听到我们人类听不到的声音?”

“哦,是的是的,当然啦,”公爵高声答道,“就拿狗来说吧,它们的听力是人类的五倍。比方说,我这个静音哨,其实它并不是静音的。它能发出高频声波,我们人类的耳朵不行,听不见,狗的耳朵却能听见,然后就会跑过来。那是因为……”

普丽西拉见爷爷突然跳了起来,然后一边恶狠狠地挥舞起黑刺李手杖,一边沿着小径冲出去。

“卡拉克劳夫! 你怎么跟我的狗在一块儿!”

普丽西拉顺着小径望去,看见一个身材魁梧的村民和一个虎头虎脑的小男孩站在那儿,男孩的手正轻轻抚着一条柯利犬的鬃毛。她听见那条狗低声咆哮起来,仿佛正对着冲过去的祖父生气呢。那男孩轻声喝住了狗。她跟在祖父身后,朝陌生人走去。

山姆·卡拉克劳夫见女孩走来,便抬了抬帽子,又碰碰儿子,提醒他抬帽子。这并非点头哈腰,而是性格粗犷的村民以此骄傲地显示自己的礼貌和教养。

“是莱茜。”卡拉克劳夫答道。

“当然是莱茜,”公爵大声说道,“傻瓜都看得出来! 你为什么跟她在一块儿?”

“她又跑出来了,所以我把她给您送回来。”

“又跑出来了? 她已经跑出来过了?”

山姆·卡拉克劳夫没有答话。跟大多数村民一样，他脑筋转得慢。但公爵最后那句话还是让他听出来，海因斯隐瞒了莱茜此前逃跑的事。如果照实回答，他感觉自己有点像在告密。虽说他讨厌海因斯，却不愿意对他说三道四，因为那样海因斯会被解雇，而良心在对他说：“不能让别人丢了工作。”毕竟眼下工作难找，山姆·卡拉克劳夫很清楚这一点。

他用约克郡人的方式解决了这个问题——把自己最后那句话再固执地重复一遍。

“所以我把她给您送回来。”

公爵恶狠狠地瞪着他，然后嗓门又拔高了一些吼起来。

“海因斯！海因斯！为什么我每次找这家伙，他总是跑得影子都看不见？海因斯！”

“来了，老爷——来了。”又传来那副带着鼻音的腔调。

一眨眼，海因斯已经从狗舍旁边的灌木丛后面匆匆忙忙赶了过来。

“海因斯，这狗是不是逃跑过？”

海因斯不自然地吞吞吐吐起来。

“这个这个，老爷，是这么回事——”

“到底是不是逃跑过？”

“老爷，可以这么说——但是俺不想为了这件小事打扰您老人家，”海因斯双手紧张地捏着帽子说道，“不过俺保证再也不会出这种事了。真不明白她是怎么溜出去的。俺已经用铁丝网把她刨的坑都堵上了，俺保证……”

“你最好留点神！”公爵喝道，“十足的蠢货！太蠢了！海因斯，我看你就是个十足的蠢货！快把她关起来。要是再被她逃走，我可就要……我可就要……”

公爵并没有说出来他会施以何种可怕的惩罚，只是气呼呼地跺着脚走了，连句“谢谢”都没有对山姆·卡拉克劳夫说。

普丽西拉觉察出了这一点。她刚跟着爷爷走了几步，便停了下来，转回身，静静地站在那里，她想看爷爷走后会发生些什么。只见海因斯已是火冒三丈：

“俺这就把她关起来，”他自言自语道，“要是她胆敢再逃跑，俺可就要……”

他也没有把话完。因为他一边说一边想去抓莱茜的鬃毛，却没有抓到，原来是被山姆·卡拉克劳夫的厚钉靴踩住了脚，动弹不得。

山姆慢悠悠地说道：“这回我带我儿子来关她。她跑回家是去找我儿子的，所以我叫他来关她，叫她别再回去了。”

说完这话，山姆仿佛刚刚注意到什么似的，将低沉的约克郡嗓音提高了一分。

“哎哟，真抱歉。我没发现踩到你脚了。乔伊，好孩子，我们去吧。海因斯，把狗舍打开，我们来送她进去。”

普丽西拉不声不响地站在老常青树边，看着莱茜经过狗舍走进跑狗场。男孩来到铁丝网边，柯利犬抬起头朝他走去，靠住铁丝网。男孩久久地站在那儿，手指伸进网眼，抚摸着大狗凉凉的鼻尖。最后，他父亲打破了沉默。

“乔伊，行了！儿子，赶紧结束吧。拖着没有用。叫她待在这里，告诉她我们不许她再回去了。”

普丽西拉见男孩站在狗舍旁抬头看看父亲，又看看四周，仿佛在期待有谁能过来帮助他似的。

但是没有人来帮助他。谁也不会来帮助乔伊，他只好咽了咽口水，低声说起来，开始时一字一顿，说得很慢，渐渐越说越快。

“莱茜，高高兴兴地待在这里吧，”他的声音低得几乎听不清，“你——你别再回来了。别再逃跑。别去学校等我。待在这里，不要去找我们——因为——你不属于我们了，我们也不想再见到你——再也不想见到你了。因为你太坏——我们已经不爱你了，我们不想见到你。不要来缠我们，不要跑回来——你就永远待在这里，不要去找我们。还有——还有再也别回来了！”

那狗仿佛听懂了似的，慢慢走到狗舍另一头，趴了下来。男孩猛然转身就跑。但是他似乎已经看不清脚下的路，打了个趔趄。

他父亲昂着头走在他身边，眼睛凝视前方，一手抓住他肩膀，摇晃了一下，粗声粗气地说：

“看好路！”

乔伊小跑起来，才勉强跟上父亲的脚步。他觉得自己永远也不会明白大人为什么这样铁石心肠，尤其是在你最需要他们的时候。

乔伊这么跑着，想着，却并不知道父亲其实是为了尽快离开，好不再听见柯利犬勇敢的吠声，那吠声仿佛在呼唤主人不要抛弃她。乔伊当然无法理解父亲的心思。

发现许多事情无法理解的，还有普丽西拉。她走到跑狗场边，见柯利犬依然站在那里，目不转睛地望着小径拐角主人消失的地方，抬着头呼唤着。

普丽西拉看着狗，见海因斯从狗舍前面走过来，便叫住他。

“海因斯！”

“普丽西拉小姐，有什么吩咐？”

“狗为什么要跑回他们家去？她在这儿不开心吗？”

“哎呀呀，小姐啊，她当然开心啦——多好的狗舍啊。她跑回去全是因为他们训练的。那是他们的手段——你还没回过神来是怎么回事，他们就把狗偷回去，又卖给别人了。”

普丽西拉若有所思地皱皱鼻子。

“可是，如果他们要偷她回去，为什么又亲自送来了呢？”

“您的小脑袋就别费神想这些事了，”海因斯答道，“只是您不能相信那个村子里的任何人。他们总是在耍花招，绝对错不了——不过想骗俺们却没门。”

普丽西拉想了想：

“可是，如果那个男孩舍不得他的狗，那么他们当初又为什么要卖她呢？如果是我的狗，我才不会卖呢。”

“您当然不会啦，普丽西拉小姐。”

“那么他们为什么要卖呢？”

“他们为什么要卖？因为您爷爷花了大价钱呀。就是因为这个。那可是一大笔钱。说真的，他太好说话了。要是换成俺啊，准得给他们点颜色瞧瞧。绝对错不了！”

海因斯说到这里，得意扬扬地转身去看那条狗。狗还站在那儿，不停地呼唤着。

“安静！去——趴下！进去趴下。去！”

狗却毫不理睬，仿佛没听见似的。海因斯一个箭步蹿到跟前，抬起手作势要打。

莱茜缓缓转过身，胸口迸发出低沉的咆哮。她嘴唇掀起，露出雪亮的大牙，耳朵往后一收，颈部鬃毛慢慢乍起，那咆哮声愈加响了。

海因斯停住手，卷起舌头抵住门牙缝。

“嚯，你还想要威风啊？”他喝道。

普丽西拉走上前去。

“当心啊，小姐。俺要是您的话，就不会离她那么近。她盯着您的时候就会上来咬您一口的。狗的性子俺可是太了解了！好小姐，您还是离她远着点，等俺先把她驯服帖了，绝对错不了。这会儿您可得离她远着点，小姐。”

说着，海因斯转身走了。普丽西拉却依然站在那里。过了好一会，她才朝铁丝网走去，将手指伸进去，凑近莱茜的头。

“过来，好宝贝，”她柔声说道，“上我这儿来。快来！我不会伤害你的。快来！”

大狗不再咆哮。她趴在地上，棕色的大眼睛看了看女孩的蓝眼睛，却立刻转开去，不再理睬女孩。她高贵而忧伤地趴在狗圈里，眼睛眨也不眨，头动也不动，就那么静静地趴着，凝视着山姆·卡拉克劳夫父子消失的方向。

第六章　旷野中的藏身地

第二天，莱茜趴在狗圈里，丰厚的长毛沐浴着初夏的阳光，头搁在前爪上，依然朝着昨天傍晚山姆·卡拉克劳夫父子离去的方向。她的耳朵高高竖起，倾向前方，这样即便她身体是放松的，感官却警醒着，能够随时捕捉到主人返回的所有动静和气息。

可是下午安安静静地过去了，空气中除了蜜蜂的嗡嗡声和英格兰乡村的潮湿气味，什么也没有。

暮色渐起，莱茜开始躁动不安，仿佛隐约中受到某种冲动的警告。那冲动说不清，道不明，如同闹钟铃声惊动了昏昏沉睡的人。

莱茜突然扬起头，迎着风嗅了嗅，但她体内朦胧的躁动并没有得到平息。

她站起身，慢慢走到狗舍边的阴凉地里趴下。但这依然没能使她安静下来。她再次站起，返回阳光下；但还是不对劲，体内的那股驱动力更加强烈了。她开始在

狗圈中来回踱步，沿着铁丝网一圈一圈打转。体内的力量促使她绕着笼子不断徘徊，最后她在一个角落里停下，用爪子猛抓起铁丝网来。

这仿佛是一个信号，她突然间明白了自己的渴望。时间到了！该去找男孩了！

她当然并不会像人那样产生这么一个清晰的念头，而纯粹是出于盲目的感觉。但那冲动完全将她抓住，其他的一切都被赶出了她的感觉和意识。她只知道现在该去学校了，这是她多年来每天的习惯。

她奋力抓着铁丝网，却毫无作用。她分明记得之前从这里逃走过——先是扯开铁丝网，然后挖一个坑钻过去，用有力的颈背肌肉顶起，就成功脱身了。

但是海因斯已经截断了这条路线。他用更结实的铁丝加固了围栏，旁边还牢牢打下了粗木桩。任凭莱茜怎样撕扯挣扎，都没有用。时间一点点过去，莱茜一次次失败，但她似乎因此而更增添了力量。她在狗圈里飞跑起来，凭着本能到处试探可能逃脱的地方，然而海因斯把所有缝隙都封死了。

她愤怒地仰头狂吠，可是突然间，她仿佛想到了什么，后腿站立，前爪撩起，扒住铁丝网，向上察看。

如果你没办法从底下钻过去，那么说不定就能从上面翻过去！

狗能有此发现，并非出于逻辑思考，或来自别人的指令。即使最聪明的狗，也是凭借模糊的本能和短暂一生中所受的训练，极为缓慢地学会的。

就这样，这个新办法跃入莱茜的大脑，起初非常朦胧，然后越来越清晰。她跃起，又落下。铁丝网有近两米高，若是格雷伊猎犬或俄国狼狗，也许可以轻而易举地越过，但对于柯利犬来说却很困难。年复一年，人类根据不同需求来培育各种犬类。柯利属于工作犬，经过数百年的驯化，它们聪明能干，善于帮助人类，能够理解人类的语言和手势，但它们的跳跃和奔跑能力却不及那些专为这方面培育训练的犬类。

因此，莱茜远远无法跳到铁丝网顶端。她后退到狗圈另一边，奋力冲刺，但每次都掉落下来。

似乎不可能跳过去了，但是凭借非凡的勇气和坚韧，她一次又一次地尝试着，仿佛这样就能找到一个最容易跳过去的地方似的。

果然如此！

那是铁丝网的转角，两个面形成一个直角，当她跃到半空时，后腿猛然一蹬，竟然在一个面上找到了支撑。

她继续尝试，几乎像人爬梯子似的，用尽全力攀登。眼看几乎到达顶端了，可最后还是掉了下来。

但是她学得很快。她反身再跑，凭着自己的冲力跳上那个直

角，脚爪克服重力攀住了铁丝网，拼命地越爬越高，前爪终于到达了顶端。一瞬间，她的身体悬空了，但她慢慢向上撑起，摇摇晃晃，眼看就要失去平衡。顶端的铁丝刮着她的腹部，但她毫无感觉。她心里只有一个念头，那就是时间，赴约的时间到了，她必须赶去。

她向外一扑，落在了狗圈外面的地上。自由了！

成功脱逃，她的愤怒便立刻消失。前路畅通，本能驱使她继续行动。好像知道自己一旦被发现就会难以脱身，她小心翼翼地前进，如在打猎或被追踪时一样。

她匍匐着穿过小径，悄悄进入杜鹃花篱，消失在茂密的枝叶丛中。转眼间，她又如幽灵般潜到远处一道高墙的阴影下。她对于

地形的记忆力同大多数动物一样强大。她悄无声息地迅速溜过围墙，来到铁栅栏边。她早就发现那儿有一个洞，便悄悄钻了过去。

她仿佛知道自己已经离开了敌人的领地，立刻改变行动方式，恢复了常态。她从容地一路小跑，挺着头，尾巴散开，身体成一道优美的曲线。此刻，她就是一条漂亮的柯利犬，心满意足地奔跑着，去做一件每天都要做的事情，用不着大惊小怪，也无须欣喜若狂。

乔伊·卡拉克劳夫做梦也想不到还能见到莱茜。他已经告诉她要留在公爵家，已经责备她不该跑回来，因此他相信她再也不会到学校门口来等他了。

但是在内心深处，他依然抱着希望，依然梦想莱茜会回来，只不过连他自己都不敢相信这个梦想有可能实现。因此，那天放学后，当看见莱茜如平常那样正等着他的时候，他竟然感觉一切都不是真的，仅仅是他在做梦而已。

他盯着自己的狗，孩子气的圆脸上满是惊异。而莱茜仿佛觉得男孩是以沉默来否定自己的行为，便垂下脑袋，慢慢地摇着尾巴，乞求他的原谅，虽然她并不知道自己错在哪里。

乔伊·卡拉克劳夫低头摸了摸她的脖子。

“没事，莱茜，”他缓缓说道，“没事的。”

他的眼睛从狗身上移开，思绪飞快地飘得很远。他当然不会忘记前两次把狗带回家后发生了什么。不管他如何希望，如何恳求，狗还是被送走了。

所以这一次他并没有兴高采烈地跑回家。他站在那儿，一只手抚摸着狗的脖子，眉头紧皱，思考着要如何解决这个人生难题。

海因斯气急败坏地冲到小屋门前，没等主人应门就踏了进去。

“快说，她在哪儿？”他喝道。

卡拉克劳夫夫妇先是瞪着他，然后对望了一眼。妻子眼神忧虑，仿佛忘了海因斯的存在。

“难怪他还没有回家！”她说道。

“是啊，”丈夫答道，“他们在一块儿——他和莱茜在一块儿呢。狗又逃出来了，乔伊不敢回来，他知道我们还会把她送回去，就带着她跑了，好不让我们送狗回去。”

妻子瘫坐在椅子上，声音颤抖起来。

“哎呀，天啊！家里怎么就不能太太平平的呢？再也不能太太平平了呀。”

丈夫慢慢站起身，朝门口走去。他从钩子上取下帽子，又回过头看着妻子。

“孩子妈，别担心，”他说，“乔伊不会跑远，只会去野地里。他也不会迷路——他跟莱茜对那儿都熟得很。”

海因斯仿佛对这对夫妻的绝望视而不见。

“得了，得了，”他追问道，“俺的狗到底在哪儿？”

山姆·卡拉克劳夫慢慢转过脸朝着眼前这个矮个子。

“我不正要出去找吗？”他温和地答道。

“哼，俺跟你一道去，”海因斯接话道，“免得你们耍花招。”

山姆·卡拉克劳夫顿时怒从心头起。他大步冲到海因斯面前，海因斯慌忙退缩。

“你可不要惹麻烦，”他尖声叫道，“你最好别惹麻烦。”

卡拉克劳夫瞪了海因斯片刻，愤怒变成了轻蔑，他看不起这个比他矮小、更比他猥琐的人。他走到门口，又转回身说：

“你还是回去吧，海因斯先生。我一找到你的狗，就把她给你送去。”

说完，山姆·卡拉克劳夫大步踏入暮色之中。他并没有朝村子里去，而是沿着小路上坡，进入了阴森荒凉、一望无际的英格兰北部高地。

他步履沉重而坚定。不一会儿，大地就已被夜色笼罩，但他却仿佛凭借本能一般丝毫没有偏离脚下那条依稀可辨的小路。这条小路是数百年间来往于旷野的人们踩出来的，外乡人在这里很容易迷失方向，因为四周并没有指示的路标，但是村里人绝对不会迷路。

他们从孩提时代起就熟悉这里。旷野的每一寸土地，他们都了如指掌；小径的每一道转弯，他们都一目了然，就如同城市居民熟悉街角的每一块路牌那样。

乔伊的父亲健步而行，他知道哪里能找到儿子。在旷野中走上五英里，就会看见平坦的大地上耸立起一座形如岛屿的石头山，满山尽是刀削般的巨岩，仿佛很久以前一个巨人孩子在这里搭石头玩儿，可还没搭到一半就扔下跑了。村里人心情不畅快的时候，常常会走到这座荒僻凄冷、布满小道和洞穴的石头山来，在万籁俱寂的天地中坐一坐，思索人世间的难题，而不会受到任何打扰。

山姆·卡拉克劳夫正是毫不犹豫地大踏步朝这里走来。浓黑的夜色中开始下雨，雨丝横扫旷野，绵绵不绝，如同细密的雾气，但他并没有因此放慢脚步。终于，黑暗中露出石头山的轮廓。当他的双脚踏上岩石，引发一阵回响，随即便传来一声尖锐的犬吠——那是一条正在监视四周动静的狗在发出警告。

他从一条儿时起就再熟悉不过的小路爬上山顶，朝犬吠的方向走去。果然，在一块突出的岩石下面，他发现了正在躲雨的乔伊和莱茜。他默默地站在那里，一切都那么安静，只听得见自己的呼吸。最后他开口道：

“走吧，乔伊。”

仅此而已。

男孩顺从地站起身，痛苦得一言不发，跟着父亲往回走。身边

是他们的莱茜，脚下是父子俩都非常熟悉的灌木丛生的小径。快进村子的时候，父亲又开口了。

“乔伊，你回家去等着我。我先把她送回去。等我到家了，有话跟你说。”

有什么“话”，乔伊很清楚。他知道自己的逃跑伤害了家人，而当他回到家见到母亲的反应，就完全意识到这种伤害有多深了。他脱下湿透的外套，将鞋子放在壁炉前烘，母亲一声不语。她为他摆上吃的，端上热茶，却依然什么话都不说。

终于，父亲回来了。他站在屋里，严肃的脸上闪着雨珠，鼻梁、颧骨和下巴在灯光下显得格外棱角分明。

“乔伊，”父亲说道，“你知道你带莱茜逃跑是错的，你知道这样对不起我和你妈妈，是不是？”

乔伊直视父亲的眼睛，抬着头，清楚地答道：“是的，爸爸。”

父亲点点头，深吸一口气，双手举到腰间，解下厚皮带。

乔伊安静地看着，可没想到母亲突然说话了。

“不行，”她叫道，“你不能这样做。”

她站了起来，面对着父亲。乔伊从没见过母亲这样，面对面站在父亲跟前。但她飞快转过身，说：

“乔伊，上楼睡觉，快去。”

乔伊乖乖上楼，看见母亲又冲着父亲，一字一句地说道：

“有些事情要先说个明白。我看就这会儿吧,是该说一说了。”

但两人却并没有说下去。乔伊走过母亲身边时,她抓着他肩膀,冲他微微一笑,将他的脑袋往怀中搂了搂,又朝楼梯的方向将他轻轻一推。

乔伊一边上楼,一边暗想,为什么大人有时候这样善解人意,尤其是在你最需要他们的时候。

第二天早晨吃早饭的时候,当着父亲的面,谁也没提起昨晚的事情。

乔伊记得他上床以后过了很久,父母俩还在说话。半夜里他醒过一次,依然能听见他们在楼下说话的声音。小屋的墙壁很严实,他们在说什么听不真切,只依稀听见母亲的语气焦虑而固执,父亲的声音低沉而耐心。

但是当父亲吃完早饭出门之后,母亲说话了。

“乔伊,我答应你爸爸要跟你谈谈。”

乔伊垂下眼睛看着桌子,等着母亲说下去。

“孩子,你知道自己错了,是不是?”

“是的,妈妈,我很抱歉。”

“我知道,可事后抱歉是没有用的。这一点非常重要,你千万不能让爸爸操心。特别是现在,千万不能。”

她胖乎乎的身子坐在桌边，慈爱地注视着乔伊的脸，然后目光越过乔伊，仿佛飘到了远方。

“你看，现在跟以前不一样了，乔伊，你一定要记住这一点。这些日子，你爸爸有很多事情要操心。你都十二岁了，已经长大，得更懂事一点了。眼下家里日子艰难，养条狗，供它吃喝，实在太费钱，莱茜胃口又大，没办法好好喂她，真是没办法了。你能明白吗？”

乔伊慢慢地点点头。其实他并没有完全明白。他想要说，如果大人能从他的角度看问题就好了。可是母亲只是伸出手来拍了拍他的胳膊，这双手那么洁净圆润，揉起面团来那么在行，补起袜子来那么敏捷，而做起针线活来就仿佛在轻盈飞舞。

“真是个好孩子，乔伊。”她的脸色明亮起来，“说不定哪一天情形好转，又像以前那样了，我们就立刻再去买一条狗，好不好？”

不知为什么，乔伊仿佛觉得燕麦粥卡在了喉咙口。

“可我不想要别的狗，”他嚷道，“不行，我不想要别的狗了。”

还有一句话他没有喊出来：“我只想要莱茜。”

可是他知道如果这么说肯定会伤母亲的心，因此他只是赶紧戴上帽子出门，跑到街上，跟着其他孩子上学去了。

第七章　除了诚实一无所有

母亲说得一点儿没错，现在跟以前不一样了。日子一天天过去，乔伊的感受也越来越深。首先一点，莱茜再也不来学校了。似乎那个养狗人终于想出了什么办法将她困住，令她无法脱身。

每天下午走出校门的一刻，乔伊都会满怀希望，看一眼平常莱茜静静等待的地方。然而她再也没有出现。

上课的时候，乔伊拼命集中精神听讲，可思绪总是不由自主跑到莱茜那儿。他努力克制，下决心不再希望她回来。可每当放学穿过操场的时候，他的眼睛总是情不自禁地瞟到校门旁——尽管他曾发誓再也不去想她。

莱茜不在了，日子当然也就跟以前不一样了。

不过，也不单单是因为莱茜。乔伊感觉到许多"情形"都跟以前不一样了。有些事儿，若在以前从不会惹父母生气，现在却会害他挨骂。比如，吃茶点的时候，母亲常常会瞅住他往茶里加糖这事，紧紧抿起嘴唇，还会说："乔伊，你用不着加这么多糖。这个，嗯，吃太多糖对身体不好，不健康。”

还有，母亲的脾气也似乎非常不好，这是另一个跟以前不同的“情形”。

有个周末，她正准备去买东西，突然变得非常古怪，仅仅是因为乔伊建议吃一次烤牛肉。

“星期天吃烤牛肉，好不好，妈妈？还有约克布丁。我们已经好久没吃过了。哎呀呀，提起来我就馋。”

父母曾经很为他的好胃口而骄傲，还开玩笑说他吃得跟大象一样多，一边笑一边却还总是把他的盘子给添满。可这次，母亲根本没有笑，甚至都没有理会他。她呆呆站了一会儿，扔下网兜，一言不发就上楼回卧室去了。父亲盯着楼梯愣了一阵子，也没说什么，跳起来抓过帽子，把门一摔就出去了。

跟以前不同的“情形”还有很多。常常他一进屋就发现父母俩怒目相视。虽然两人见他回来就不说话了，却依然能从他们的表情举止上看出他们刚才在吵架。

有一天，乔伊深夜醒来，听见他们在楼下厨房说话。那语气并不像以前那样温和愉快，而是充满疑虑和怨愤。乔伊爬起来，听见父亲在说：

“我告诉你，远近三十公里，我把腿都跑断了，什么都没有……”

然后，声音平静下来，乔伊听见母亲突然放低了声音，语调变得温柔而体贴。

许多“情形”都跟以前不同了。事实上，乔伊几乎觉得是一切都跟以前不同了。而对他来说，归根到底就是一件事：莱茜不在了。

当莱茜还在他们身边的时候，这个家惬意温暖、美好和睦。而现在莱茜走了，一切也随之变样。所以说答案很简单：只要莱茜能回来，那么日子就会回到从前的样子。

关于这件事情，乔伊想了很多。母亲劝他把莱茜忘了，可他做不到。他可以假装忘记，可以对她绝口不提，但是在他内心深处，莱茜永远占有一席之地。

莱茜活在他的心里。上课的时候，他坐在课桌边想念她。他幻想有朝一日——是的，会有这么一天——能够美梦成真：他走出校门，看见莱茜又回来了，正坐在门外等着他呢。他仿佛看见她出现在眼前，白色与棕色相间的长毛在阳光下闪着光，眼睛炯炯有神，尖耳朵朝着他走来的方向倾斜着，这样不等她看清楚主人，就能先听见他走近的声音了。她殷勤地摇着尾巴，咧开大嘴，露出狗特有的开心“笑容”。

然后，他俩就你追我赶地往家跑——跑啊——跑啊——一起跑过村子，一起兴高采烈地奔跑。

这就是乔伊的梦。他不能说起他的狗，但他无时无刻不在想念她，希望有那么一天……

英格兰北部的暮色已经早早落下，乔伊才刚刚踏进家门。他发现父母俩都抬起头来看着他。

“你怎么这么晚?”母亲问道。

她的声音生硬而急促。乔伊觉得他们肯定又在商量什么事——这些日子他们常常在商量事情，彼此间很不耐烦。

“放学后我被留下来了。”他答道。

“你做了什么错事?”

“老师叫我坐下，我没有听见。”

母亲双手叉着腰。

“你干吗站起来?”

“我想看窗外。”

“看窗外? 你看窗外干吗?”

乔伊没有回答。他能怎么解释? 最好什么也别说。

“听见妈妈的话了吗?”

父亲怒气冲冲地站起来。乔伊点点头。

“那你说呀。上课的时候你看窗外干吗?”

“我忍不住。”

“你没有回答。忍不住是什么意思?”

乔伊只觉得自己完全被绝望淹没了——就连平常善解人意的父亲也对他发火了。他不由自主地滔滔不绝起来：

“我忍不住。快到四点钟了，她该来了。我听见一声狗叫，好像是她的声音。我以为是她来了，我真的以为是她来了。我实在忍不住。我不知道自己在干吗，真的，妈妈。我就朝窗外看是不是她来了。我没听见蒂姆斯老师叫我坐下。我以为是莱茜来了——可是她没来。”

乔伊听见母亲不耐烦地提高了嗓门。

“莱茜、莱茜、莱茜！怎么又听到这个名字了！家里就不可能太平了吗……？”

连妈妈也不懂他的心思！

乔伊伤心极了。要是妈妈能懂他的心思就好了！

他再也无法忍受，只觉得嗓子眼里发热。他转身冲出家门，沿着花园小径，在夜色中奔跑，一直跑向旷野。

好日子再也回不来了！

黑沉沉的旷野中，乔伊听见一阵脚步响，然后传来父亲的声音。

“乔伊，是你在那儿吗，孩子？”

“是的，爸爸！”

父亲好像气消了。当他高大坚实的身影慢慢走近，乔伊突然感到安慰。

“出来走了走，乔伊？”

“是的，爸爸。”乔伊答道。

乔伊知道，用父亲自己的话来说，他不善“多谈”，过了这么久才愿意把话说出来。

他感到父亲将手掌按在自己肩膀上，于是两人一同走在广阔的旷野中。谁也没有开口，仿佛父子俩都满足于这样安静地并肩而行。过了很久，父亲终于还是开口了。

“乔伊，我们能这样走走真是太好了，对不对？”

“是的，爸爸。”

父亲点点头，仿佛对自己刚才的话很满意，也很高兴听到儿子那样回答。他大步走着，乔伊必须努力甩开双腿才能跟上父亲坚定有力的步伐。他们沉默无言地一起踏上一个小坡，脚下传出岩石的回响，最后来到一块大石板前坐下。天上出现了半个月亮，他们望着面前广袤的原野一直伸向远方。

乔伊看见父亲将陶土短烟斗放到嘴边，心不在焉地拍拍周身的口袋，最后才意识到自己在干什么，停下手，开始吸着空烟斗。

“你没烟草了吗，爸爸？”乔伊问道。

“哦，不是，孩子。只是——情形不同了——我已经戒烟了。”

乔伊皱起眉头。

“是不是因为我们太穷了，爸爸，所以你买不起烟草了。”

“不是，孩子，我们不穷，”父亲斩钉截铁地说，“只是——情形跟以前不同了——怎么说呢，我烟抽得太厉害，停一阵子对身体好。”

乔伊陷入沉思。在这夜色中，他坐在父亲身边，心里明白父亲是有意“不让他担心”，不希望将大人的烦恼加到他身上。突然间，乔伊感激起魁梧健壮的父亲来，感激他跑到野地里来找他，宽慰他。

他伸出手去握住父亲的手。

“你不生我的气了吧，爸爸？”

“不生气了，乔伊。做爸爸的是不会真和自己儿子生气的——永远不会。他只是希望儿子能懂事。我想说的就是这个。你千万别以为我们对你太凶。我们不想那样。只是——嗯——说到底，做人要诚实，乔伊。你绝对不能忘记这一点，不管发生什么，一辈子都不能忘记。一定要诚实。”

乔伊一动不动地坐着。父亲的话仿佛是对他自己说的，他没有任何手势，只是纹丝不动地坐着，向着夜色吐露心声。

“一个人难免会缺这少那的，乔伊，这时候就更要守住诚实不放了，因为那是他唯一拥有的东西。至少他还有诚实。而且诚实这东西很有意思，它只有一条路，从没有第二条路可以走。诚实就是诚实。你明白吗？”

乔伊不太明白父亲的意思，但他知道这一定是对父亲来说非常重要的事情，所以他才会说这么多。平常父亲只会说“是”或

"不是"，而这会儿他却一直在说。而且乔伊隐隐感觉父亲告诉他的话似乎很有深意。

"你瞧，乔伊，我在卡拉贝尔煤矿干了十七年。这十七年里有过好时候，也有过坏时候，有时候活儿忙，有时候没活干，到现在它彻底关了。我是个好矿工，每一个同事都能为我作证。这十七年里，有过许多朋友跟我一起干活，没有一个人会说我山姆·卡拉克劳夫拿过一件不属于我的东西，说过一句不诚实的话。记住，乔伊，在整个西约克郡，没有一个人能站出来说卡拉克劳夫家有哪个人不诚实。我说你要守住你拥有的东西，就是这个意思。诚实只有一条路，没有第二条路。你现在长大了，应该明白，你要是把什么东西卖出去，拿了别人的钱又花了，这事情就了结了。莱茜已经卖了，就是这样……"

"可是，爸爸，莱茜她……"

"听着，乔伊。这件事是没办法改变的，不管你怎么说都没办法改变，她已经卖了，我们拿了公爵的钱，也花了，现在莱茜是他的了。"

山姆·卡拉克劳夫不说话了。他静静地坐了好一会儿，才又开口，仿佛仍是在自言自语。

"也许这样最好。没有两条路可走。她越来越难养了。这么大的狗，吃得跟一个大孩子差不多。"

“可我们以前一直把她养得好好的呀。”

“是的，乔伊，可你必须面对现实。以前我有工作，可现在，我得跟你说实话了——我现在是靠救济金过日子。这是养不起一条狗的——连家都养不起。所以她现在这样更好。这么说吧，孩子。你肯定不希望她饿得瘦骨伶仃，可怜巴巴的，不希望她变成村里有些人家的狗那样，对不对？”

“我们不会饿着她的，爸爸。我们会想出办法来的。我用不着吃那么多……”

“听着，乔伊，事情不能这样看。”

他们都沉默了。过了一会儿，还是父亲发话了。

“这么想吧，孩子。你特别喜欢这条狗，对不对？”

“你知道我喜欢她，爸爸。”

“那么，既然是这样，你应该高兴才对，因为她现在过得很好。想想吧，乔伊，现在莱茜有好多东西吃，自个儿住着一个窝，还有跑狗场，每个人都疼她。你瞧，孩子，她就跟公主似的，住在自己的宫殿和花园里。没错，现在她就跟真正的公主一样。这样不是很好吗？”

“可是，爸爸，我觉得她应该会更开心，如果……”

父亲突然恼怒地叹了口气。

“唉，乔伊，好话说完了！我还是直接告诉你吧。你最好还是把莱茜忘了，因为你再也见不到她了。”

“可她说不定还会跑出来的。”

“不会了，孩子，不会了！上次是她最后一次跑出来了，她跑出来的次数太多，以后再也不会了——再也跑不出来了！”

乔伊好不容易才问出口：“他们拿她怎么啦？”

“上次我送她回去，公爵对着我和海因斯还有所有人大发脾气。我也对他发了脾气，因为我不欠他一分钱，不管他是不是公爵。而且我对他说，如果她再跑出来，他就再也看不到她了。他就说，如果她再跑出来，就随便我了，但他是不会让她再次逃走的。所以他把她带到他在苏格兰的领地去了。他要让她去参加赛狗大会。海因斯也跟着去了，还有五六条其他有希望进入比赛的狗。等赛狗会结束，她还是回苏格兰，再也不会到约克郡来了。所以她要永远待在那儿了，跟她永别了，祝福她吧。她再也不会跑回来了。我来不是为了告诉你这些，但可能还是让你知道比较好。就是这么回事，你不乐意也没有用。乔伊，生活中有些事情是没有办法的，我们必须忍耐。所以要像个男子汉一样接受它，一辈子都不要再提一个字了——尤其不要在你妈妈跟前提起。”

乔伊只知道自己沿着小路跌跌撞撞地走下了石头山，跟着父亲走在旷野中。父亲没有安慰他，只是一个劲地往前走，嘴里依然吸着那个空烟斗。直到快进村子，都能看见窗户里透出的灯光了，父亲才重新开口。

“乔伊，”他说，“进门之前，我希望你想想你妈妈。你一天天长大了，必须要像个男子汉一样对待她，理解她。听着乔伊，女人跟男人不一样。她们得待在家里，好好管家。她们没有的东西，只能耐心等着有一天能够得到。事情不顺利的时候，她们只能唠唠叨叨，对男人说些难听的话。如果男人当真有办法，就会随她们去。因为他知道女人就算啰里啰唆，说个没完，但也并不是真要怎样。所以你妈妈对我说些难听的话，或者有时候甚至还骂你，你都不要放在心上。这些日子让她不顺心的事情太多，也难怪她会不耐烦。所以说，我们俩，你和我，就更得耐下性子来，乔伊。以后啊，总有一天，情况说不定就又好转，我们的日子又能好过起来。你明白吗，儿子？”

父亲伸出手，按了按儿子的胳膊，鼓励他加油。

“我明白，爸爸。”乔伊答道。

他默默地站了一会儿，望着灯光点点的村子。

“爸爸，苏格兰远吗？”

父亲垂下头，宽阔的胸膛里发出一声悲伤的长叹。

“非常非常远，乔伊。我看你都没办法去那么远的地方。非常非常远。”

然后，这对伤心的父子一起朝村子里走去。

第八章　苏格兰高地的囚徒

正如山姆·卡拉克劳夫对儿子说的，从约克郡的格里诺桥村到鲁德林公爵在苏格兰高地的庄园“非常非常远”，根本不可能靠两条腿走到。

要去那儿，几乎得一路往北，先穿过约克郡的旷野和平原，然后折向东方，经过荒原，跨越富饶的农业区。如果是坐火车，很快就能透过右侧车窗看见悬崖峭壁下一片波光粼粼，那就是北海。而在左侧车窗外，先是一片片教堂尖顶高耸的古老城镇，而后便是

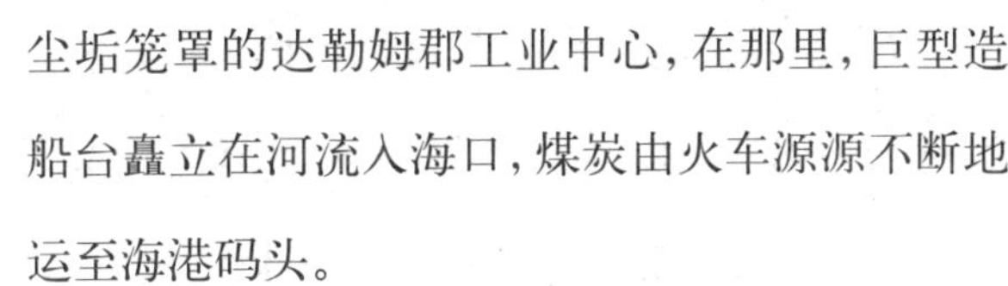

尘垢笼罩的达勒姆郡工业中心，在那里，巨型造船台矗立在河流入海口，煤炭由火车源源不断地运至海港码头。

这段旅途中，天往往黑得很早，因为这里纬度高，太阳早早落下，很晚才升起。但是火车却永不停歇地飞奔着，在夜色中呼啸着跨过一座座桥梁、一条条河流，最后当它跨过特威德河，你便

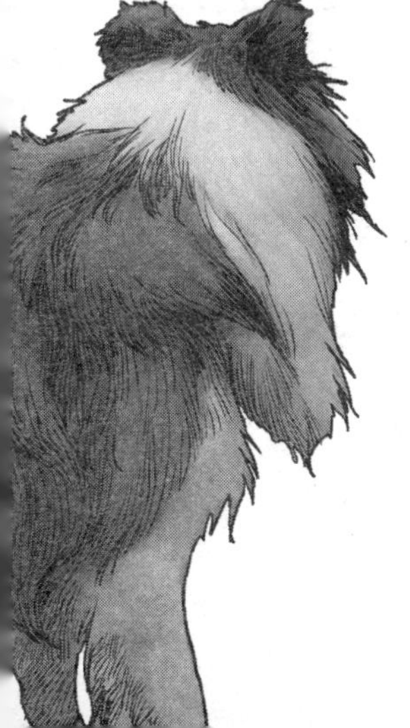

走出了英格兰。

火车轰隆隆通宵疾驰，经过苏格兰低地的工业城镇，铁厂熔炉的熊熊火光在夜色中显得比白天更加明亮。火车带着你整夜飞奔，驶过多少雄伟的大桥和宽阔的河湾。

当天色大亮，火车依然在前进，只是窗外的景色焕然一新。再也看不见浓烟喷涌的城市，跃入眼帘的是被诗人赞美了数百年的美丽苏格兰，苍山入云，碧水荡漾，连绵起伏的原野上，牧人看守着畜群。

火车继续奔跑，大地越来越荒凉，山丘愈发崎岖，湖畔的森林愈发茂密。人烟逐渐稀少，只见石南丛生的荒原一望无际，鹿群悠然漫步，却难见人的踪影。继续前进，你就到了北部地区的最远端。

正是在这天涯海角，矗立着鲁德林公爵的宏伟庄园。一栋庄严的石头大宅临海而立，与设得兰群岛遥遥相望。那是一串怪石嶙峋的岛屿，环境严酷，天气恶劣，大多数生物都仿佛为了生存而接受了自然的改造。那里的马和狗都体型瘦小，却又异常健壮，因为只有这样，才能在这苛刻的气候和土地上活下去。

这遥远的北国如今就是莱茜的新家。她得到了精心喂养和照料。食物都经过精挑细选。每天都有人给她梳理长毛，修剪脚爪，教授完美的站姿，只为了让她能够参加即将举行的赛狗大会，为鲁德林公爵善于养狗的美誉锦上添花。

她顺从地任凭海因斯百般摆弄，仿佛知道反抗是毫无意义的。不过，每天下午快到四点钟的时候，她体内就会有某种东西苏醒，长久以来的训练就会来召唤她。她会撕扯狗圈的铁丝网，或是冲撞栅栏，试图跳出去。

她哪里会忘记。

鲁德林公爵呼吸着苏格兰高地清新凉爽、有益身心的空气，沿着小路策马而行。在他身边，普丽西拉骑着一匹活泼的矮脚马，那马正弓着脖子，兴高采烈地飞奔呢。

“手拉稳！”公爵嚷道，“这就对了。现在要轻轻拢着马。拉得好！”

普丽西拉笑起来。她知道，祖父自以为是调教所有动物的行家里手，因此骑马的时候会一刻不停地告诫教训。但事实上，他很为普丽西拉的骑术而骄傲，这一点她也看得出来。

“你生就的双手双脚就是干这个用的，”他吼道，“腿要催马前进，手要控制马的速度。依靠腿和手就成了！”

公爵坐得笔挺，想要做个示范，但他胯下那匹健壮的灰马却丝毫不愿改变步态，依然不紧不慢地缓缓前进。说真的，要是按着公爵的心意，他准会不顾一把年纪，选上一匹性子最烈的马；但家里上上下下众口一词，一定要他骑现在这匹温顺安全的马。这一点，普丽西拉也心知肚明，因此她点一点脑袋，就好像爷爷的慢马果然已经昂昂然迈开舞步了。

“哦，现在我明白你的意思了，爷爷。”她说。

公爵开心地舒展胸怀。他的确很高兴。到了晚年，能让他真正开怀的几乎只有这个小孙女。这些天他们一起在他的这座北方庄园骑马、散步，除此之外，他都别无所求了。

“瞧瞧这天气！太棒了！好极了！”

他带着主人的骄傲嚷着，仿佛这清新的空气、和煦的阳光全是出于他鲁德林公爵的一己之力。

“整个夏天都要在这儿过，”他心满意足地说，“待上一整个夏天。等到秋天，就回约克郡去。到时候我们还有好多开心日子呢。”

“可是秋天我要去上学了，爷爷。我要去很远很远的瑞士。”

“瑞士！”

公爵一声咆哮，吓得普丽西拉的矮马往一旁跳出好几尺。

“我一定要去上学的呀，爷爷。”

“胡说！”公爵喝道，“送女孩子去外国念书——教她们像猴子似的叽里咕噜说外国话。真弄不懂为什么要有外国话这种东西——就算有这种东西，有点脑子的人又为什么要去叽里咕噜学着说呢？你瞧瞧我，说英语就够了，一辈子都没讲过外国话，不是过得好好的吗，对不对？”

“可是爷爷，你不会希望我长大以后做个无知的人吧？”

“无知？你已经够有知识了。全是现在人的胡说八道，教个女孩子叽里咕噜说些外国人才明白的毫无意义的话，这哪儿是教育？我看全是现在人的胡说八道！我们那时候的教育才是真正的教育呢。”

“怎样才是真正的教育，爷爷？”

“就是教你怎么管家。我们那时候就教育女孩子恪守本分，好好管家。现在呢，尽往孩子脑袋里塞些荒唐话。呸，这就是现在的人。从小就没有礼貌，总是顶撞长辈，不敬尊长——全是这副德性。你敢顶撞我——我可不允许。我再也不许你没礼貌！你就很没礼貌，是不是？”

“是的，爷爷。”

“是的？是的？你胆敢对着我说是的？”

“没办法，爷爷。你刚刚还叫我不能顶撞你呢，如果我说不是，就是顶撞你了，对不对？”

“哈！”公爵哼了一声，得意扬扬地摸了摸长长的白胡子，仿佛刚打了一场大胜仗。他低头看着孙女。小姑娘身穿针织衫，头戴一顶俏皮的骑士帽，亚麻色的长发垂在肩头。公爵清一清喉咙，哼了一声，又摸摸胡子，微笑着点了点头。

“你这个没礼貌的小家伙，”他说，“不过呢，还算有希望。你知道，你跟我小时候一模一样。没错，你像我，家里就只有你继承了我的品质！所以你还算有希望。”

两匹马嘚嘚嘚跑进铺着鹅卵石的马厩场，马夫跑出来接他们，公爵气喘吁吁地嚷起来。

“我说你，别来抓马头。我最讨厌下马的时候有人来抓马头了。没人帮忙我也完全能下马。”

公爵怒气冲冲地站着发脾气，普丽西拉已经松开缰绳，牵着马向马厩走去。

“这就对了，”他喊道，语气里透出最大的赞赏，“女孩子要是不知道怎么喂马装马鞍，就不该骑马。如果你自己都不知道，就不可能告诉别人该怎么做才对。”

于是老人心情好起来，带着孙女绕过马厩，朝大宅走去。当经过一座石头矮房子时，普丽西拉停下脚步。房子旁边就是狗舍，每一间前面都有一条狗在蹦跳欢叫——只有一间例外。那里住着一条漂亮的三色柯利犬。她从来不跳也不叫，只是面朝南站着，凝望远方。

正是这条狗引起了普丽西拉的注意。

“怎么了？又出什么事了？”公爵不耐烦地问道。

“你看那条柯利犬，爷爷。为什么要用铁链锁住她？”

公爵吃了一惊，仔细看那条狗。他只凝神瞥了一眼便立即如爆炸一般高声吼起来，马厩和狗圈都仿佛被震得摇晃起来。

“海因斯！海因斯！这家伙藏哪儿了？到底跑哪儿去了？”

“来了，老爷，来了。”海因斯一边答话，一边从公爵背后溜了出来。

“老爷，俺在这儿呢。”

公爵呼地转过身。

“不许从我背后溜出来，”公爵喝道，“为什么要锁那条狗？”

“这个，俺不得不锁啊，老爷。她老是把铁丝网扯坏，俺都修了十几次了，可每天下午她还是要乱扯。您吩咐俺要看好她的，而且……”

“可我从没说过要锁她！我的狗统统不许锁！听明白了吗？”

“听明白了，老爷。”

“那就给我记住了。所有狗，绝对不许锁！”

公爵暴跳如雷，险些踩到普丽西拉的脚。小姑娘拉了拉他的袖子，公爵低下头来。

“爷爷，她看上去不太对劲。她没有运动啊。可以让她和我们一起散步吗？她太漂亮了！”

公爵摇摇头。

“那可不行，宝贝儿。会破坏她的体型的。”

“破坏体型？”

“是的。她要去参加赛狗会，准能拿冠军。要是让她跟着我们疯跑，身上的毛就会粘上芒刺，腿上的毛也会被弄乱。你瞧那可不行啊。”

“可是她应该运动运动，对不对？”

祖孙俩都专注地看着铁丝网后面的狗。莱茜却站在那儿，丝毫不理会他们，仿佛她是女王，而他们却低微得根本不入她的眼。

公爵摸摸下巴。

“说得也是。我看她可以稍稍运动一下。海因斯！”

“在，老爷。”

“她需要遛遛。你每天带她好好遛一遛。”

“她会逃跑的，老爷。”

“拴上皮带啊，你这个笨蛋！你亲自遛她，保证她好好运动。我要这条狗进入最佳状态。”

“遵命，老爷。”

公爵和普丽西拉回大宅去了。海因斯瞅着他们的背影，直到看不见了，才狠狠地把帽子往脑袋上一扣，用手背抹一抹嘴，转身看着莱茜。

“这么说来，你要遛弯儿了，小姐？”他说道，“好嘞，俺来遛你，真巴不得呢。”

可莱茜好像完全没有听见他说话。她将铁链拉得笔直，依然向前凝望着——凝望着南方。

第九章　重获自由

后来发生的事，全是因为莱茜的时间感——动物的这种神奇本能总是分毫不差地告诉她，时间到了。

一天中的其他时间，莱茜出于长久以来的训练，尚能遵守命令，听从海因斯的召唤。但是到了那个特别的时刻，她却变得完全不同。

按照公爵新近的吩咐，莱茜顺从地跟在海因斯脚边散步，速度不徐不疾，颈上的皮带既没有朝前扯着，也没有往后拖着。她像所有训练有素的狗一般，恰好挨着海因斯的左脚，脑袋几乎触到他的膝盖。

一切都有条不紊，只是海因斯因为不得不带莱茜运动而心怀怨气。他想回去喝茶，此外，他还没忘记要让莱茜知道"谁说了算"。

于是，他无缘无故地突然扯动皮带。

"跟上，听见没有？"他喝道。

莱茜感觉颈部一紧，便迟疑起来。她有些疑惑。长久以来的训练使她明白自己的动作完全符合要求。可是很显然，眼前这个人另有意图。她不明白他想干什么。

就在这迟疑间，她放慢了步子。海因斯注意到了，有些得意。他回过身，又用力拽了拽皮带。

“快来，听话，快来。”他嚷道。

听到这恶狠狠的声音，莱茜不由往后一退。海因斯便再次猛拽皮带。莱茜做出了每一条狗都会做出的反应：低下头好顶住拉扯。

海因斯又加了一把力。皮带从莱茜的头上滑落下来。

她自由了！

见此情景，海因斯下意识地跳起来去抓莱茜。这出于本能的动作却违背了养狗人应该具备的常识，因此铸下大错。莱茜本能地后退闪躲。

海因斯这个动作使莱茜清楚地感觉到自己是想躲开这个人。如果他以平常语调发出指令，她自然会回到他身边。其实只要他命令她跟上，驯服的莱茜也会随着他返回狗圈，而根本不需要皮带拴着。

海因斯毕竟有养狗的经验，他意识到了自己的错误，知道如果继续威吓，就会更加吓到狗。因此他做出了一开始就该做出的反应。

“过来，莱茜，这儿来。”他说。

莱茜犹豫不决地站着。本能告诉她听从，但她没有忘记方才这个人突然跳起来要抓她。

海因斯见状，只好提高嗓门，用自以为能吸引莱茜的声音哄她道："莱茜乖乖，好宝贝儿，好好待着，不要动，好好待着。"

他嘴里这样反复说着，身子则矮下来，单腿跪着，打起响指吸引狗的注意，同时悄悄地一点一点向莱茜靠近。

"待着别动。"海因斯命令道。

在山姆·卡拉克劳夫那儿受到的长年训练似乎发挥了作用。莱茜虽然讨厌海因斯，但训练有素的她知道自己必须接受人类对她发出的命令。

可是，就在这时，另一个长久以来形成的冲动开始隐隐约约在她体内萌生——那就是时间感。

这个朦胧的冲动开始苏醒。狗并不会像人类那样清醒地意识到它，也不会做什么推理或思考。它只是一个含混的冲动，正在缓缓苏醒。

时间到了——该去——该去……

她发现海因斯正在靠近，便微微一抬头。

时间到了——该去——该去……

海因斯越逼越近，眼看就能够到莱茜——他要扑过去，手指伸进她的长毛抓牢，把皮带重新套进她的脖子。

莱茜注视着他，体内的冲动一点点强烈起来。

时间到了——该去找……

海因斯蓄势待发。莱茜仿佛有所察觉，迅速往后退了两步。她想要自由。

“可恶！”海因斯冲口而出。

但他仿佛立刻意识到这样不对，便换了一副口吻。

“莱茜乖乖，站着别动，站好了，不要动。”

可莱茜没有听他的话。虽然她注意到这个人正在靠近，但她的大部分感官正越来越集中到体内那个逐渐强烈的冲动上。她想的是时间。她似乎感觉到，如果被这个人抓住，她就又会陷入失望中。

她再次后退，而与此同时，海因斯恰好跃起。莱茜闪开了。

海因斯怒气冲冲地站直了身子，朝莱茜走去，嘴里说着安抚的话。莱茜继续后退，始终与海因斯保持一定距离——这样的距离，动物再熟悉不过，这是它们防备对手突然袭击的手段。

本能在对莱茜说：“离他远点。别让他靠近。因为有一件——一件别的事要做。时间到了——该去——该去找……”

突然间，她恍然大悟。时钟指向四点差五分，莱茜彻底明白了。

该去找男孩了！

她掉头跑起来，就仿佛只要跑上几百米就能到达目的地似的。她不知道，与男孩见面的地方已在几百公里之外，要跑上几十天才能到。对她而言，这只是一个简单纯粹的责任。她必须尽力完成。

这时候，她听见海因斯在身后一边追，一边喊，便放开了步子。她并不畏惧，仿佛确信两条腿的人类不可能追得上她。她甚至没必要加速。耳朵朝后一转，她就知道了海因斯离自己有多远。而且狗和人类不同，它们的眼睛跟大多数动物一样，长在头部两侧，因此只要微微扭一扭头，就能看见后面的情况。

莱茜似乎并不担心海因斯。她只是保持稳健的步伐，沿着小径，穿过草坪。

海因斯的心里忽然燃起希望。他想，莱茜也许会返回狗圈。

可是，在莱茜心目中，狗圈是她被锁被关的地方，并不是她的家。她恨那个地方。当海因斯看见柯利犬踏上了通往大门的石子路，他的希望破灭了。

不过，他依然心存侥幸。庄园大门总是关着的，而且靠近住宅的花岗岩院墙高大坚固，也许自己还能抓住她。

普丽西拉和公爵从渔村骑马回来，在庄园的大铁门前停下。

“爷爷，我去开门。”女孩说。

她轻盈地跳下马鞍，公爵却不满地嘟囔起来。可是普丽西拉知道自己下马再上马要比爷爷方便得多，尽管公爵不乐意，但他毕竟上了岁数，即便是登上一匹再温顺不过的马，也要哼哼唧唧、嘀嘀咕咕地费半天劲。

小姑娘挽住缰绳，伸手拔开门闩，用力顶着铸铁大门，慢慢往里推。

就在这时，她听到一阵声响。往石子路上一看，只见海因斯正往这边飞奔过来，而在他前方，却是那条漂亮的柯利犬。她听见海因斯喊道：

“小姐，关门！关门！狗跑啦！别让她出去！关门！”

普丽西拉四下里看看。大门就在她跟前，只要她把门一关，莱茜就被困在庄园里出不去了。

她转脸看看爷爷。他还没察觉到出乱子了呢。他耳朵背，并没有听见海因斯声嘶力竭的高喊。

普丽西拉开始用力把门往回拉。她隐约听见爷爷不解地质问她怎么回事。可是忽然间，她一恍神，脑海中出现了往日的一幅画面。

她仿佛又看见那个比自己略高一点的乡下男孩，正站在跑狗场的铁丝网外，对着他的狗说：“你就永远待在这里，不要去找我们。还有——还有再也别回来了！”她知道这男孩嘴里说着这一番话的时候，心里却分明呼喊着完全相反的意思。

那情景、那画面，如此真切地再次浮现，她一时愣住，忘记了关门。

祖父还在怒气冲冲地喊，显然意识到发生了什么意外，只是他年岁大了还没有搞清楚。海因斯还在尖叫：

“小姐，关门！关门！”

普丽西拉犹豫了片刻，然后迅速将门敞开。什么东西从她膝边一闪而过，普丽西拉望出去，只见那狗已经沿着人路稳步跑远，仿佛知道前面还有很远很远的路。于是小姑娘扬起手说：

“再见，莱茜，”她轻声说道，“再见，祝你好运！”

马背上的公爵没有转身去看大路上的莱茜。他瞪着自己的孙女，喃喃道：“可恶！可恶！”

第十章　踏上回家路

暮色渐浓，莱茜走在尘土飞扬的大路上。这会儿，她放慢了速度，步伐有些犹豫。她停下来，回身张望来时的方向，又仰起头，心里实在迷惑。

此时，时间感的驱动已经离她而去。狗和人不同，完全不懂地理方位和距离，莱茜只是觉得这时候应该已经见到男孩，跟着他往家里去——去吃饭了。

的确到了吃晚饭的时间。这是她多年来的生活规律。如果是在狗圈里，现在就该有一盘上好的牛肉和吃食摆在她面前了。不过，狗圈里还有一条链子让她成为囚犯。

莱茜犹豫不决地站了一会儿，突然，另一种感觉开始苏醒。那就是回家的感觉——动物最强烈的一种感觉。但她心目中的家并不是刚刚离开的那个狗圈，而是昔日的一座小屋，屋里生着炉火，她趴在炉前的地毯上，享受着舒适的暖意、亲切的话语和温柔的抚摸。既然她迷失了方向，那座小屋就是她应该寻找的地方。

她高高抬起头，心中已经燃起对真正的家的渴望。她迎着风嗅了嗅，仿佛在辨别方向，然后抛开迟疑，朝着南方前进。不要问人类，她为什么知道这一点。也许，在千百万年前，当人类的头脑尚未得到“教化”的时候，同样也有这种回家的本能。但自从有了开化的头脑，人也就失去了这种本能。人的大脑再发达，也说不清为什么鸟兽即便被关进箱子，在黑暗中被带到数公里之外，一旦释放，却依然能返回自己的家。人只知道，鸟兽能够完成这一桩人类做不到、也解释不了的事情。

此时，莱茜没有一丝犹豫，而是感到巨大的满足，因为她心里非常宁静，她正往家里去，她很快乐。

没有人告诉她，她也无从知晓，她正在尝试的几乎是一件不可能做到的事情——那意味着要穿越数百公里的荒野，这样的徒步旅行大多数人都会望而却步。

人可以在路上买食物，可狗哪来的钱填肚子？狗没有钱，只有对主人的爱。人可以在路上看路标，可狗只能凭着本能，盲目地前进。苏格兰境内那些横贯东西的大湖，人知道如何跨越，动物却又会被挡住南下的脚步。何况狗又怎么会知道自己能卖不少钱，沿途的乡村城镇里有许多人因此觊觎她，试图捉住她？

有那么多事情狗不可能知道，但她可以从经验中学习。

就这样，莱茜快活地踏上了回家的旅程。

当北国的漫长黄昏即将过去的时候，两个男人坐在自家小屋门外。这座小屋同村里的其他人家一样，立在狭窄的老街边，墙上厚厚的石灰经历了岁月的冲刷。

年长的那个人身穿家织的粗布衣服，小心地点起烟斗，深深吸上一口，抬起头来，看着一团轻烟消失在宁静的晚风中。突然，他觉得自己的胳膊被身边的年轻人抓住了。

“乌利！快看那儿！”

年长的那个人顺着年轻人指的方向望去。过了一会儿，他的眼睛能在黑夜中看清楚了，原来是一条狗正朝他们这边跑来。

穿着灯芯绒衣服、打着绑腿的年轻人站了起来。

“瞧着真不赖，乌利！”他说。

“是啊，乔迪，是条良种柯利犬。”

两人紧盯着那狗越跑越近。年轻的那个猛然一惊。

“哎呀，乌利，好像是公爵家那条柯利犬。错不了！绝对是的。前天我去找麦克维恩说捕鲑鱼的事，就见到她了。准是她逃出来了……”

“哟，那就准保会有……”

“没错，准保会有赏金，要是我们能抓住她……”

“是的！”

“嘿！”

年轻人嘴里喊出这一声，身子已经冲到街上，拦住了狗的去路。

“乖，来这儿，”他嚷道，“来这儿！”

他一只手拍拍膝盖，表示友好。

莱茜抬头看看那人。他说“来这儿”，乍听之下仿佛是在喊她的名字。如果那人朝她走过来，她也许会让他碰自己。可是他动作太快，让莱茜突然想起了海因斯。她微微一闪，并没有放慢步子，就从那人身边跑了过去。那人转身去扑，莱茜却一个纵身，仿佛足球运动员般突破了他的堵截。她接连跨出几大步，然后又恢复了胸有成竹的步伐。

可那个人追了上去，莱茜只得再次加快速度，沿着村里这条街稳步奔跑起来。他越是追，她就越是坚定地不让他碰到自己。追一条狗就等于是告诉她快逃。

那苏格兰人眼看自己追不上了，便停下来，捡起一块石头，甩开胳膊扔出去，指望石头能落在莱茜跟前，迫使狗停下往回跑。

可他准头不行，险些打中莱茜的一侧肩膀。而当石头尚未落地时，莱茜已经再次改变步伐，像一匹马球马似的，将重心转移到另一侧前爪，转而跑进一条沟，腹部收紧，疾速飞奔。树篱中间有个洞，她转眼便钻了出去，离开大路，跑进了荒凉的旷野。

而一进旷野，她立刻掉头朝南，再次恢复了原先的稳健步伐。

但此时，莱茜获得了一条经验：她必须躲开人类。尽管她不明白为什么，但显然他们会伤害她。他们的声音变得粗暴愤怒。他们会冲她喊，朝她扔东西。他们是危险的。因此，她要躲开他们。出发后的第一天、第一堂课，就让她打定了这个主意。

这第一个晚上，莱茜一直在稳步前进。她长到五岁，从没有独自在外面过夜，因此也从没有受过相关训练，只能依赖本能了。

而她的本能机敏警觉。她沿着一条小路稳稳地行走在石南丛生的原野上。这条小路让她心满意足，因为它伸向南方。她自信而坚定地前进着。

终于，她登上一片山坡，看见下面的洼地里隐隐约约有一片农舍。她猛地停下脚步，耳朵往前伸着，鼻子抽动起来。敏锐的感官使她立刻读出了下面那片村庄的情况，就像人读书一般。

她读到谷仓里站着马，读到羊群、人类，以及另一条狗。她谨慎地往山下走。食物的气味非常诱人，她已经有很长时间没吃东西了，但她知道自己必须留神，因为那里有人。她已经牢记了这个教训：躲开人类。她沿着小路往下走。

突然，她听见村里那条狗发出了警告的吠声，并且朝她奔来。她立定，观察动静——也许他是友好的呢。

可是他并不友好。他从路上直冲过来，鬃毛乍起，耳朵放平。莱茜低下身，等着他上前。他猛扑过来，她往旁边一闪。他转过身，怒不可遏地狂吠起来，像是在说：“你闯进我的地盘了！我要保卫我的地盘！”

下面的村庄里传来一个男人低沉的声音：“塔米，怎么回事？把它赶走！”

一听见人的声音，莱茜转身就跑。这里不是她的家，这里容不下她。

那条粗毛牧羊犬依然冲上来，从侧面袭击她。她迅速回身，翻起上唇，露出牙齿。这仿佛已经令对方感到了威胁，他退走了。

莱茜继续前进，村庄很快被抛远。她沿着野兽踏出的小径，穿越荒野。当她几乎心灰意冷的时候，终于闻到了水的气味。她发现了一道细小、冰冷的溪流，贪婪地舔食起来。东方的天空一片灰色。她眺望四周。

她来到一块岩石下面，用前爪轻刨地面，然后转了三圈，便蜷缩着伏了下来。现在她背靠突出的岩石，脑袋朝外——这样即使睡着了，鼻子和耳朵依然能及时察觉任何迫近的危险。

她把脑袋搁在爪子上，大声地吐了一口气。

第二天清晨，莱茜继续上路了。她迈着轻快稳健的步子，这样一口气跑上几公里也不在话下。肌肉以一成不变的节律舒展、收缩，上坡、下坡，她一步不停，毫不迟疑。只要是朝南去的路，她就顺着前行。一旦路转向，她就离开，沿着野兽踏出的小径，穿越茂密的石南和灌木。

如果路是通往城镇或农场的，她便避开，绕过人类居住的地方。只要离人近了，她便谨慎前进，本能地隐蔽起来，如同幽灵一般从灌木荫里钻过去，利用树林掩藏自己的踪迹。

多数时候，她脚下的路都是绵延向上的，前方是一座座青山。而她也总能准确地朝大山最低点前进，因为那里有一条过山的通道。时间一点点过去，她越走越高，天空渐渐阴沉下来，乌云压在头顶。

突然间一道闪电划过，随之雷声隆隆。莱茜一愣，恼怒地呜咽了一声。她吓着了——没必要责怪狗胆小。狗通常都非常勇敢，完全可以抵消偶尔的恐惧。但事实上，柯利犬大多受不了电闪雷鸣。

的确有许多狗对响声无所谓，比如狩猎犬听见枪响，就别提有多高兴了。但柯利犬却不同，因为它们向来与人类为伴，为人类服务，知道那种尖锐、凶恶的声音意味着伤害。一听见枪响，绝大多数柯利犬都会立刻逃走躲起来。它们会勇敢地面对敌人，但代表未知危险的声响却让它们受不了。

因此莱茜迟疑起来。滚滚雷声在山间回响，大雨倾盆而下，狂风暴雨席卷苏格兰北部。她抵抗着内心的恐惧，但最后还是败下阵来。她找到一片布满岩石的地方，躲在一个淋不到雨的岩洞里。

雷声大作，回声轰鸣，她伏在地上，身子紧紧贴着岩石。

不过，她并没有停留多久。当山间的风雨声渐渐低下去了，她便重又上路。她立定片刻，高昂起头，嗅着风中的气息，然后再次迈开轻快的大步出发。

无情的雨水和溅起的泥土已经使她那身漂亮的长毛失去光泽，污渍斑斑。但她依然稳步前行，一路向南。

第十一章　为生存而战斗

踏上旅程后的最初四天，莱茜几乎没有停歇，只在夜晚稍作休息。南下的渴望在她心里燃烧，没有任何东西能够取代。

可到了第五天，一种新的需求开始啮咬她，那就是饥饿。起先她因为一心只想前进，饥饿感便被压制下去了；而现在，这种感觉非但没有消失，反而越来越强烈。

找到溪流解渴，并不成问题，但如何获取食物却是她难以解决的，毕竟她生来便一直受人照顾。从记事以来，她就从来不必为吃操心，每天时间一到，必然会有人将一盘食物端到她面前。她受到的严格训练是，只吃送到面前的这一份，绝不能从其他地方觅食。年复一年，这条规矩已在她头脑中根深蒂固。她不用为食物操心，自有人为她准备。

然而现在，生来就有的训练和熏陶突然间失去了意义。再也没有人会在每天下午将一盘食物放在她面前，于是这个高贵的动物不得不学习如何生存了。

莱茜找到了办法。当然办法并非如人类一样通过推理得到。人类拥有想象力，能够在事情发生之前就预估到可能遭遇的情况。狗却没有这种能力，它们只能盲目地等到情况出现，才会尽力去应付。

那么莱茜会如何解决这个新问题？她没有人类的头脑，不懂得推理和思考，也不会像人类那样根据以往的类似经验来采取行动。人类的孩子不必亲身经历危险就能了解到可能的后果，自有父母或前辈将在类似情形中吸取的经验传授给他们。而动物却不能将自己的经验传授给下一代。所有的动物必须亲身经历每一种新情况，就好像有史以来这种情况就从来没有在它的族类身上发生过。那么，莱茜究竟是如何学会觅食的呢？

她拥有一种动物特有的能力——人类也曾经拥有这种能力，现在却已经消失——那就是：本能。

人类要得出结论，依靠的是推理能力。而动物，它们依靠的却是本能，以及从亲身经历中获得的教训。

是本能，驱使着莱茜日复一日地朝同一个方向前进；是以往的经历，告诉莱茜要警惕人类。本能提醒她躲避人类的视线，选择溪谷低地，匍匐前进；本能又教导她如何寻找食物。

就在这第五天晚上，正当她迈着轻盈的步子飞奔在石南丛生的荒野上时，感官突然对她发出了警告。她立刻停下，站在野兽踏出的一条隐约可见的小道上，脑袋呆呆地往前探出，眼睛、耳朵和鼻子捕捉到了某种微弱的人类根本无法察觉的迹象。

最先解开这迹象的意义的，是嗅觉。她闻到了一股温暖而浓郁的气味——食物的气味。

若是按照先前所养成的习惯，莱茜一定会迎着那气味直奔过去。但这时本能却压制住了习惯。她伏下身子，顶着风朝着气味的方向悄悄匍匐过去，穿过石南丛，越挨越近。突然间，她看见了气味的来源。就在小道上，一头黄鼠狼正像蛇一般扭动着身体跑过来呢。他昂着头，身边拖着一只刚猎杀到的兔子。这猎手非常健壮，拖着那只身躯比自己大得多的猎物，以惊人的速度奔跑着。但突然间，他也受到了感官的警告，防备地掉转身子，扔下猎物，然后又转回来伺察敌人。他露出无情的白牙，发出尖利的嘶叫，仿佛是在怒不可遏地挑衅。

莱茜俯下头，盯着黄鼠狼。她以前从没见过这样的动物，她也不具备猎犬一般的本能，会以人类难以想象的速度冲向任何一头

啮齿类动物。她接受的训练是要为人类工作，要性情温和——然而这时，本能开始驱使她行动了。

她的颈毛慢慢竖起，嘴唇翻开，露出牙齿，耳朵放平，贴住脑袋，身子伏了下去。

就在她猛然跃起的一瞬间，那黄鼠狼却仿佛预先知道了对手进攻的时机似的，尖叫着往旁边一闪，如闪电一般钻进茂密的石南丛中，仿佛渗入地面的水，悄无声息地立刻消失了。莱茜正要转身去找他，却被另一件东西吸引了注意力——那只被丢在路边的兔子所散发出的暖烘烘的血腥味。

她端详了很久，才慢慢靠近，谨慎地低下头，又好像随时准备跳开似的。尽管血腥味浓重，却还残存着黄鼠狼的气味。她小心地把鼻子凑上去，触到了这头刚被捕杀的猎物，但又立刻缩回身，绕着它打了几个转。然后，她再次凑上前去，低下脑袋，叼起猎物，重新抬起头，静静等待着。

在这远离人烟的荒野，她仿佛在等着主人突如其来的叫喊声：“不行，莱茜！快把它放下！放下！”

但是什么声音也没有。

她犹豫不决地站了好一会儿，终于下定决心，叼着兔子继续上路。她一边跑，一边左顾右盼，终于找到了想找的——一片茂密的荆豆丛，正适合她隐藏其中。她走上前去，紧紧蜷缩起身子趴下来，使左右和后方都有灌木丛保护，这才把兔子扔在面前，又闻了闻。很香，食物的香味。

现在，她获得了一种全新的感觉。她知道了兔子的气味。其余的就依靠本能了。当她再次上路，灵敏的鼻子一旦发现附近有猎物，她就变成了猎手。她会侦察动静，奔跑追捕，然后再把猎物吃掉。这就是大自然的法则。她不会像人类那样肆意杀戮。她的猎杀不为别的，只是为了生存。

这样找到的食物足以维持生命，却也仅此而已。现在已经没有敏锐的眼睛会注视她，注意她的体重，查看她牙龈的颜色，观察她皮毛的情况，也没有人会说：

“她瘦了几斤——晚饭喂点牛肝！”

“她状况不好——最好早上加一碗牛奶。要是她愿意喝，再打个生鸡蛋进去！”

“嗯——我看她的牙龈颜色不太对。最好每天吃一勺鱼肝油。会好起来的！”

只有在干爽的狗舍里过夜的高贵的狗才会得到这样精心的照顾，但现在，这些全都没有了。现在的莱茜，两肋消瘦，皮毛破损污秽，腿上、尾巴上粘满芒刺。不过，她毕竟是在关爱下长大的，身体健康。如今，这些关爱开始发挥作用。强健的筋骨和肌肉让她能够每天这么一公里、一公里地跑下去。

凭着勇敢的心和正确的本能，莱茜就这样日复一日，坚定地往南奔跑在苏格兰高地的蕨草和石南间，穿过山峦和平原，溪流和树林，坚定地一路向南。

第十二章　画家所见

时节转入盛夏。莱斯利·弗瑞斯懒洋洋地躺在小船船头，心满意足地吸着烟斗，看着袅袅轻烟融入清晨凉爽的空气，悄悄飘向船尾。船尾坐着麦克贝恩，正不慌不忙地划着桨呢。

“我还是坐到船尾比较好，麦克贝恩先生。”弗瑞斯说。

“不用，我说过，现在这样更好，弗瑞斯先生，”老船夫答道，“这条船跟别的船不一样。”

弗瑞斯心平气和地继续吸烟，不再打算坚持什么了。没必要跟这些固执的苏格兰人理论，既然麦克贝恩要他待在船头……

眼前苏格兰的壮丽景致令他心旷神怡。这里的湖泊对于英国渔民来说是捕鱼的乐土，对于莱斯利·弗瑞斯来说，却另有一种意义。苏格兰人世代珍视的自然美景，也吸引着无数英国画家，莱斯利·弗瑞斯便是其中的一个。无垠的湖面上、青黛色的山峦间，变幻多端的光影总是令他百看不厌，因此每年夏天他都会来这里画画，与麦克贝恩一家重叙友情。而麦克贝恩总是一板一眼地欢迎他回到自家的小屋，并在石头谷仓里为他准备好一间画室。

弗瑞斯惬意地躺在船头，小船带着他停在一座小岛的鹅卵石岸上。他利索地帮着麦克贝恩将画架、画布、颜料铁盒等物品搬下船，然后架好画布，打开折叠椅。麦克贝恩见弗瑞斯歪着脑袋端详起尚未完成的画作，便开口道：

“那我中午回来接你。”

“好的，麦克贝恩先生。我还得画上几个钟头。你瞧这画怎么样？”

麦克贝恩咚咚咚后退几步，闭上一只眼睛，脑袋一会儿摆向左边，一会儿摆向右边。每年到了漫长的冬天，麦克贝恩常常会在湖边的小酒馆里与人争上几个钟头，说他的弗瑞斯先生是英国最了不起的风景画家，无论是荷兰画派还是法国画派的名家都会拜服他的精湛技巧——如果他们还健在的话。但是当着画家本人的面，他却丝毫不肯流露这种偏爱。

“嗯，既然你问我，我就直说了。颜色有点艳，水有点偏紫了，而且我从没见过山是这种颜色的——还有，云也画得太亮。不过，其他地方我看都很好。”

莱斯利·弗瑞斯微微一笑。他已经听惯了麦克贝恩的批评，而且认为这些批评非常有价值，因为这个刻板的苏格兰人眼光不错，也很懂得鉴赏故乡的美丽之处。弗瑞斯点点头，目光从画布移到风景，又从风景移回画布。周围的一切是多么静谧，只听得见湖水轻轻拍打着岸边的小船。天地间没有一丝动静，除了——

突然他抬手挡住眼前的阳光。

“麦克贝恩先生，快看那里——是鹿吗？”

苏格兰人朝着弗瑞斯手指的方向转过脸，扫视着湖的北岸，浅棕色的浓眉低下来，仿佛在为蓝灰色的眼睛遮挡阳光。

“是不是鹿？”画家追问道。

麦克贝恩一言不发地摇摇头。他常在野外，目力比画家更为敏锐。

“嗯，绝对不是。”麦克贝恩凝神看了一会儿，答道。

“那究竟是什么呢？”

“是狗。”麦克贝恩抬手挡住阳光，说道。

“没错，我也看出来了。”

弗瑞斯得到了答案，便转回去画画，但麦克贝恩依然在凝神眺望。画家也不由得跟着继续眺望起来。

“是一条柯利犬，”麦克贝恩又说，“瞧它在那儿干什么呢？”

“嗯，大概是从附近哪个地方跑出来的——是哪个农场里的狗。”

苏格兰人摇摇头。他看见那狗来到湖边，下水蹚了几米，却又退回去，在岸边跑了一段，又再次下水。它如此尝试了几次，仿佛真能找到某个地方的湖水会从脚下退去，露出一条旱路。

“天啊，弗瑞斯先生，它好像是想到对岸去。”

“说不定它是想到我们这个岛上来呢。”

“不是。它是要去湖对岸。”

这时候，传来一声恼怒的呜咽，他们的疑惑便有了答案。当狗遇到无法理解的障碍时，都会发出这样高亢短促的叫声。

“看来它是一定要过去的，”苏格兰人说道，“我还是划船过去……”

话没说完，麦克贝恩便已走到岸边，抬起船头。木桨撞击着桨架，声音在寂静的湖面上传开。突然，莱斯利·弗瑞斯看见那狗一昂头，转身跑开了。

“麦克贝恩先生，它跑了。”画家嚷道。

苏格兰人抬头，直起身子。只见那条柯利犬跑进了灌木丛，又时不时钻出来，迈着稳健的步子沿着湖岸朝西跑去。它满怀自信地跑着，仿佛已经打定了主意。

“它上路了，”麦克贝恩说道，“可怜的家伙，那得跑上很远呢。”

“你是说，它打算绕过这个湖？那得有几十公里吧……”

“绕过来得跑一百多公里。”

画家注视着老人，仿佛不敢相信似的。

“你是说，那条狗跑一百多公里，就为了绕到湖的对岸去？它为什么要……”

弗瑞斯觉得好笑，但麦克贝恩的回答让他笑不出来了。

“弗瑞斯先生，柯利犬起源于苏格兰，所以跟这里的人一样勇敢有毅力。”

弗瑞斯听出他语气里带着责备。他又想了想说道：

“麦克贝恩先生。”

“嗯？”

“你觉得它为什么要去对岸？有必要吗？”

苏格兰人默默地站了好一会儿，才开口道：

“谁知道呢？只有一点是肯定的。它要去某个地方完成一件事情，但是它不求任何人帮助，而且……”

这时候，麦克贝恩已经回身登上小船。他继续说道：

“……而且我们也应该以它为榜样。”

弗瑞斯微微一笑。这个刻板的老人总爱一本正经地把自然界发生的事情拿来当作人类行为的圭臬。他专心画起画来，只是偶尔瞥一眼湖面上的小船。麦克贝恩已经渐渐远去，将他独自留在这寂静的小岛上。

本能就如飞鸟的轨迹，总是那么有力而直接。

莱茜在回家的途中，几乎是笔直地朝着格里诺桥村的方向一路南下。尽管有时候不得不绕过村镇和山隘，但她总是能够凭着本能，回到朝南的路线上。她日复一日地跋涉在苏格兰高地，所走的路线几乎是笔直的。

但莱茜无法预见自己将会遇到怎样的地形，也无法得知本能指给她的这条直线会否通往无法逾越的湖泊。

看看地图就会发现，这些横贯东西的宽广水域几乎将大地一分为二，是多么的难以跨越。尽管在地图上看不过一指宽而已，实际上却宽阔得很。那一望无际的湖面根本不是动物能够泅水而过的。即便是不算很宽的地方，也很难望到对岸，最多只能看见一抹缥缈的淡蓝色低垂在天际。

是的，湖泊是令人生畏的阻碍。人可以驾船渡过，动物却没有办法。

然而，面对浩渺的大湖，莱茜没有放弃。本能的确是要她朝南走，但如果遇到阻碍，她就会设法寻找别的出路。就这样，她开始踏上绕湖而行的漫长征途，朝着西面跑了一天又一天，绕过大大小小的村庄，却又总是回到湖边，只得继续往西跋涉。

有时候，阻碍仿佛已被绕过，道路已然通畅，莱茜仿佛又能毫不迟疑地南下了。

可最后，她却总是发现自己再次被湖水挡住——原来那只是一个岬角。每当此时，莱茜便会从岬角尽头跃入水中，向着南方发出一声短促的呜咽，然后掉头朝北，回到岸上，继续向西寻找绕湖

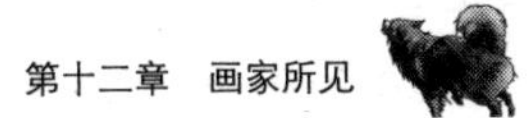

的出路。

有多少湖湾，多少岬角，便有多少失望！现在距离莱斯利·弗瑞斯和麦克贝恩见到莱茜已经过去一个星期了，而她仍在朝着西面奔跑，而大湖依然是漫漫阻碍，一道她无法理解的阻碍。

第十三章　身负重伤

莱茜钻出灌木丛，跑到湖边。她的速度已经不比以前，因为四个爪子上的肉垫都已磨伤，又酸又痛，右前爪上还扎了一根刺，开始溃烂。现在她再也不像以前那样高昂着头，步伐也没有那么自信了。

有时候，她好像会忘记自己为什么要如此长途跋涉，但过不了多久，她又会恢复稳健的步子，加快速度，让受伤的爪子不必吃力太重。她满怀希望地转头向左眺望，大湖已不再是一眼望不到尽头，而是缩窄成一条河，河水湍急，顺着崎岖的河床轰隆隆倾泻而下。

莱茜站在河边，再次朝西面张望。只见下游不远处有一个村庄，几个男孩在一座桥上钓鱼，吵吵嚷嚷的，老远就能听见他们的声音。莱茜还是很提防人类，她一动不动地注视着他们。

然后，她再次凝望白浪翻滚的河水。那轰鸣声敲打着她的耳膜，令她不安，但她只犹豫了片刻，便勇敢地一纵身，奋力跃入水中。

莱茜被河水裹挟着，如同一张被抛出火车车窗的纸片落入风的股掌。她的身体一落入水中，便被波涛的力量翻卷着往下游滚去。但她还是挣扎着探出水面，努力伸长脖子，稳住四条腿，快速划动，拼命往河对岸游。

急流一次又一次将她打翻，漩涡一次又一次将她吞没。但每一次她都能再次浮到河面，并且凭借非凡的方向感继续朝着正确的方向奋力前进。如果一个足球运动员被撞翻在地，当他爬起来继续带球时，也许会搞错方向，可是动物的方向感却不会这样轻易丧失。莱茜始终在朝着南岸游去。

不过此时，水流已经带着她靠近了村庄。桥上的男孩们看见一条狗被卷入急流，都高声吆喝起来，纷纷拾起路边的石子向她掷去。孩子往往流露出内心的残忍，仿佛野马脱缰，当莱茜被冲到桥的下游，他们甚至集体跑到桥的另一边，继续着无情的袭击。

莱茜还在挣扎。现在她终于靠近河岸了，不料身下的河水出现了一个落差，虽然她奋力踩水，但还是气力不足。她只觉得自己被河水卷起，抛入空中，又被重重地摔在一块石头上，身子一侧火烧火燎地疼起来。而转眼间，河水再次将她拖下去，吞没了。

桥上的孩子们远远望见这情景，竟然疯了似的高声欢呼起来，就如当年罗马城下的伊特鲁里亚人一般，可转瞬之间，他们又像是看见贺雷修斯跳河脱身似的，一个个目瞪口呆，陷入沉默[①]。孩子们站在桥头，紧盯着翻滚的河水。过了许久，他们再次爆发出一阵呼喊。莱茜从河水的一处回旋中露出头来，四条腿依然在奋力搏击。这里的水流已经缓和下来，她完全能够应付，终于拼尽全力登上河岸。虽然脚触到了陆地，但全身皮毛吃水太多，她受不住力似的摇晃了几下，疲惫的肌肉也仿佛支撑不住了。

她拖着身子往堤岸上方挪了几步，突然意识到新的危险正在逼近。那群男孩已经沿着河岸吵吵嚷嚷地冲过来了。莱茜强打起精神，跳过堤岸，来不及甩去满身的水，也顾不得前爪上的旧伤和火烧火燎的新痛。她心里只想着一件事。

她终于闯过来了。辛苦奔波这么多天，本能的方向感一直受到阻挠，而现在她终于甩掉了障碍，终于可以自由自在地南下了。

她趔趄着放大步子。孩子们的叫嚷声越来越远，渐渐消失了。

现在，阻挡前路的大湖终于被绕过，莱茜愈加强烈地渴望朝着心中的方向前进。村庄和叫嚣的孩子们很快被抛在脑后，她放慢了速度，恢复到稳健的小跑，这样就能以尽量少的体力走尽量多

---

① 公元前509年，伊特鲁里亚大军进攻罗马，英雄贺雷修斯在城外台伯河木桥上独自拒敌。千钧一发之际，他的两名同伴砍断木桥，身受重伤的贺雷修斯跳入台伯河，顺利逃脱，伊特鲁里亚人则没能攻入罗马城。

的路。

她没有理会体侧和前爪的伤，只是调整步伐来减轻疼痛。

很快，她离开大路，取道小径穿过草地和平原。夕阳西下，她却依然在奔跑，仿佛是因为往西走了那么多天，好不容易才回到南下的路线，无论怎么跑都无法满足对正确方向的渴望。直到夜幕降临后许久，她才在一道土墙旁的荆豆丛里安顿下来。

她紧挨地面匍匐着。这里终日不见阳光，灼痛的身体贴在凉爽的地上，感觉非常舒服。她舔着前爪，试图用舌头把深入肉垫的刺拔出来，可努力了一个小时，依然没能成功。

她长长地吐了一口气，就像人精疲力竭时的叹息，然后将嘴搁在伸出的一条前腿上，闭起了眼睛。

天还没有大亮，莱茜就已醒来。她打了个哈欠，便要起身。两条前腿站直了，后腿却怎么也动不了。这个新问题仿佛让她不知所措。她坐了一会儿，便绷紧肩部的肌肉，想要再试一次。这次她站直了，立刻往前迈出一步，一条后腿跟着跳了一下，另一条却依然动弹不得。

原来一夜下来，她体侧的伤势已经加重。被河水抛到石头上的那一下，撞断了她的一根肋骨，后腿的肌肉和关节也严重挫伤，现在已经僵硬得无法行走了。

莱茜蹒跚着在荆豆丛下转了一圈，重重地摔倒在地。她蜷缩起身子，静静地趴着，眼睛凝望着前方。透过茂密的枝蔓，她看见原野尽头露出一抹曙光。本能告诉她，她走不了了。她必须留在这里。

人类有病痛的时候，往往会把伤病亮给旁人看，以博取同情。而生活在自然中的动物却恰恰相反。它们绝对不会求取同情，反而将任何形式的脆弱视为耻辱，它们会爬到隐蔽的角落，独自等待最后的结果——要么痊愈，要么死亡。

正是这种本能让莱茜留在荆豆丛下。继续南行的欲望虽然时时折磨着她，但还是被动物受伤后必须躲起来的自然规律给抑制住了。

她蜷缩在这个隐蔽的地方趴了好几天，眼睛依然炯炯有神，却只凝望着一个方向。外面的世界，日出日落，周而复始。雀鸟啁啾不绝。有一次，几个农人从附近经过。有时候，风会带来兔子温暖的气息。还有一次，一只黄鼠狼在原野上探头探脑，穿过荆豆丛往莱茜这里过来。他尖锐的目光发现了这毛茸茸蜷作一团的东西，便抽抽鼻子，纹丝不动地站了片刻，又冷静地转身跑开，仿佛知道这头病怏怏的动物不会来追他。

外面物转星移，莱茜却动都不能动。高烧气势汹汹，完全侵占了她的身体。

她就这样趴了六天，几乎一动不动。终于，在一天下午太阳西斜的时候，她抬起了头，开始缓慢而无力地舔起前爪——那根刺竟然从溃烂的伤口中自行出来了。莱茜一点点将刺舔掉，再将伤口清理干净。她环顾四周，然后挣扎着慢慢站了起来。受伤的那条腿悬着，并没有碰到地面。她一瘸一拐地从藏身的角落走出来，步履蹒跚地穿过原野，顺着气味来到坡下的水源地。那是一条小溪，于是她低下头开始舔水喝。这是她一个星期以来第一次喝水。

她贪婪地喝着水，然后在溪边躺下，依然昂着头，翘了翘鼻子，发出一声抗议似的尖叫。她站起身，面向南方眺望，又扭头看看那荆豆丛，终于转回身一瘸一拐地上了山坡。

现在，她的身体已经不再那么僵硬，能够自如地用三条腿走路了。她回到荆豆丛中，爬到原处趴下来，耐心地等待夜色降临。

她继续休息了两天，口渴的时候就去附近那条小溪边喝水。

除此之外她什么都没有吃过，好像也什么都不想吃。

离渡河已经过去了九天，她从休息的地方出来去溪边喝水。现在她好像能够四条腿走路了，但受伤的那条后腿依然不能吃力，只不过是在僵硬地模仿动作而已。

她舔着清冽的溪水，然后，又像往常一样昂起头，凝望南方。她心中又有什么东西开始萌动——对，是时间感苏醒了。

那埋在内心深处的时间感，虽然在养伤期间被悄悄掩藏住了，现在却再次醒来。

时间到了——该去——该去……

莱茜再次回想起其中的含义。她该去学校门口找男孩了。而学校就在那个方向。她应该往那儿去！

她扭头看看原野那边墙角下的荆豆丛。但这次她只是瞥了一眼，便动作僵硬地跨过小溪，慢慢地朝南方走去。莱茜又上路了。

此时的她不再是一条参加比赛的高傲的柯利犬。此时勇敢地奔跑着的是一条饱受长途折磨的狗，她拖着羸弱的病体，忍受着长时间的饥饿，刚从持续的高烧中恢复。此时的她不再是迈着雄赳赳的步伐，而是在痛苦地挪动，而且也没有能够坚持多久。

太阳落山后没多久，莱茜便停下来歇息了。这次她找到一个四面有墙的好地方。那其实是一个射击点，每当猎松鸡的季节，有钱人就隐蔽在这里，等着松鸡被赶到跟前，就朝它们开枪。莱茜可不知道这些，她只知道这儿又暖和又安全。

还有一点她不知道，从荆豆丛那儿出发到这时，她只走了五公里。动物并不理解距离的远近。她只知道自己很满足，因为今天她已经朝着渴望的方向走了一段路，而此刻，这就是她生命中最重要的事情。她开心地吐了一口气。

突然，莱茜竖起耳朵，动了动鼻尖。她分明闻到了兔子的气味。

食物！她终于恢复了对食物的感觉和欲望。强烈的饥饿感在她体内苏醒，口中分泌出了唾液。她从射击点的墙角慢慢向前挪动身体。很快，她就又能吃到东西了，她的体力即将恢复，她又可以重新上路了。

她静悄悄地向前挪动着。

此刻，如果她的身体还是太虚弱，动作太慢，捕不到猎物，那等着她的将只有饥饿，她只会越来越虚弱，然后死去；而如果她有力气，能够提起速度来捕食，那她就能够一点点强壮起来。

因此，她努力向前爬着，如幽灵一般，悄悄逼近猎物。

第十四章　误入伏击圈

两个男人蹲在一间简陋的石头窝棚里。窝棚没有窗户，月光从墙上的一个方洞透进来，隐隐约约照出两人的模样。他们衣着相似，都穿着家织的粗呢衣服，年纪轻的那个头戴一顶鸭舌帽，年长些的那个则戴着很大一顶羊毛圆帽。两人都没有说话，只听见他们呼吸的声音。过了很久，那个小伙子挪了挪身子。

中年人伸出手来示意他别作声。

“嘘。”他低声道。

两人又都不动了。

“听见没有，安德鲁？”小伙子悄声说。

“我好像……”

两人悄无声息地站起身，透过墙上那个方洞向外张望。月光之下，一片草原在他们脚下铺展，如同一方规划井然的公园，笼罩在淡青色的雾霭之下。

他们竖起耳朵，瞪大眼睛张望了很久。

“安德鲁，我什么也没听见。”

那中年人点点头，圆帽上的穗子前后晃动着。

“我好像是听见了。”

气氛有些紧张，那小伙子心不在焉地从口袋里掏出烟斗。中年人不以为然地看着他。

“要我就不会抽烟，乔克。它们会闻到的。”

“啊——说得没错。可我就是想抽一口。它们应该会先闻到羊的气味，对不对？”

乔克朝下面原野上的一个大牲口圈晃了晃脑袋。就着月光，能看见那牲口圈里一动不动地站满了羊，它们紧紧挤在一起，脊背连成灰蒙蒙的一片。

“而且我们还什么都没听见，它们就早都听见了，”乔克继续说道，一边回了回头，“至少，我的东尼会听见的。”

窝棚里有两条狗，其中一条听见自己的名字，便怀着期待扬起脑袋；另一条狗吐了口气，警惕地想看看漫长的等待是否终于结束了。

“安德鲁，我真不明白为什么要把狗留在里面。我们应该让它们在外面守着羊的。”

“不对，乔克，那样可不行。要是狗在外面，那些鬼东西就绝对不会来了。它们太狡猾了，老弟，叫人想不明白。”

“是的，它们看来真的很狡猾，”小伙子赞同道，“我们整整守了六个晚上，根本没见它们的影子。第七天我们回去睡觉了，眼睛刚合上，它们就跑来了。杀了多少啊！七头羊羔，两头母羊！整整七头羊羔啊！我们等着它们的那儿天，它们怎么就不来呢？”

中年人没有理会这个问题。

“你可该谢天谢地了，乔克。安息日那天，阿齐·福塞斯家丢了十六头。昨天晚上，麦克肯奇家丢了十三头。”

“这些畜牲！它们才不管安息日不安息日的。全是些黑心肠的魔鬼！要是有哪一条被我捉到了……”

话没说完，小伙子突然收了口。

“我说，安德鲁，它们为什么要杀羊？”

“哎呀，老弟，这件事情恐怕我们是搞不明白了。不过我想，狗就跟人一样，乔克，大多数狗都是忠诚、有良心的，可往往总会有那么一条，生来就贪心、残忍、卑鄙。这样的家伙，白天装得好像圣人似的，可等到天一黑，就立刻露出了本来面目，变成了恶魔。”

“一点没错，安德鲁。老天知道我是最喜欢狗的了，你瞧，为了我的狗，没有什么我不愿意做的，我是顶喜欢他，顶相信他的。可要说那些杀羊的畜牲——它们才不是狗呢！安德鲁，你知道我有时候怎么想的？”

“怎么想的，乔克？”

“哦，你会笑话我的。有时候我觉得它们不是狗，而是那些被绞死的杀人犯，躲在动物的身体里面还魂呢！”

小伙子说这些话的时候，语调极其古怪，两个人都不由得哆嗦了一下。最后还是那中年人开了口，打破了这种恐怖的情绪。

“不能这么说，乔克，它们就是狗——残忍的坏狗。我们不能饶了它们。”

“对，我绝对不会饶了它们的——要是让我看见的话，我就瞄准了……”

“嘘！”

中年人一示意，两人立刻又安静下来。

“来了！”

“哪儿呢？”

“刚下山坡。乔克，快，拿上枪！”

小伙子抓过靠在墙边的步枪，两人继续等待。但过了很久，依然一片寂静。

“哎，安德鲁，你看错了吧，”小伙子终于忍不住开口道，“什么都没有。我们在这儿的时候，它们是不会来的。这些畜牲知道我们在等着呢。它们知道的！”

“别出声，乔克。安静点，行不行？”

小伙子顺从地住了口。可是又过了很久，他实在受不了无聊的等待，又说话了。

“安德鲁。”

“嗯？”

“你瞧，我就是在想啊——说起来也奇怪——狗应该是我们最好的帮手，可也是我们最大的敌人。”

“你说得对，乔克。它们因为聪明才能帮助我们，可一旦变坏，也会因为聪明而伤害我们。而且狗全都是有可能变坏的，乔克，你一定要记住这一点。就算是你心爱的狗也一样。一旦它们尝到羊的血，就会大开杀戒的。”

“我的东尼才不会呢！”

“是啊，我想我的维克也不会。但这的确是事实。一旦它们开了杀戒，就会上瘾，不是为了填肚子，而是为了屠杀的快感。”

“我的东尼绝对不会那样！”

“那可说不定啊，乔克。你瞧，是有这样的狗，看羊的时候无可挑剔，可一到夜里，它们就跑到老远的地方去——有时候就像是跟同伙提前约好了似的。然后它们就跟一群狼似的袭击羊群，乱咬乱杀，没等人发现就又跑得无影无踪。之后它们再分头悄悄溜回各自的家。到了第二天，又像什么都没发生似的，继续看羊。”

“是啊，可我的东尼不会这么干。要是我发现他也……”

两人都沉默了。过了好一阵子，乔克又忍不住开口了。

“说起来真叫人伤心。我们都是那么喜欢狗的人，现在却不得不杀它们。”

“是啊。不过，要是我们一整夜都这么闲聊的话，可就杀不了它们了。它们不会来了。”

又是一片沉寂。窝棚地上的一方月光不知不觉地移动着。终于，那中年人发话了，这一回他的声音激动得有些颤抖。

“它们来了！”

他的同伴立刻跳起来，将步枪斜倚着墙洞，做好了射击的准备。两人都瞪大眼睛，屏住呼吸，紧盯着左边的原野。

“瞧，在那儿！”

乔克将步枪瞄准目标。远处一道石墙边闪过一个影子。透过瞄准器，乔克看见一条狗。它毫无鬼鬼祟祟的神情，跳过石墙，径直跑进了他们的视野。

那是莱茜。她离开养伤的地方已经一个星期了，但腿还是有点跛。她踏着皎洁的月光，迈着坚定的步子，笔直地行走在原野上，仿佛有指南针为她指路似的。

窝棚里的中年人松了一口气。

“干掉它，乔克。”他声音沙哑地低声喝道。

小伙子握紧步枪，却没有开火。

“其他狗呢？”

“有什么关系？干掉它！”

“是条柯利犬——你看是不是？”

“不是，是条流浪狗——就是那些野狗中的一条，错不了。干掉它，老弟。可别打偏了。”

乔克转回头来。

“我是打过仗的，安德鲁。战场上我就没打偏过，现在我自己花钱买子弹，就更不会偏了。”

“那就开火吧，乔克！”

年轻人再次握紧枪托，屏住呼吸，慢慢瞄准——现在他紧盯着准星，注视着那个奔跑着的小小身影。那条柯利犬虽然在移动，却始终没有离开准星的瞄准。

乔克用手指压住扳机，感觉得到扳机收紧了。

“快，乔克，开火！”

乔克却放下步枪，抬起头对同伴说：

“我下不了手，安德鲁。”

“开枪，老弟，快开枪！”

“不行，安德鲁。它看上去跟那些畜牲不一样。你看它对旁边的东西根本不在意。我们瞧瞧它会不会接近羊。它好像对羊根本不在意啊。你瞧！”

“它是条流浪狗。我们完全可以打它！”

“我们先瞧瞧它会不会接近羊。要是它……”

“哎呀，你这个笨蛋！快开枪！”

中年人焦急地高声催促道。万籁俱寂的夜晚，声音一下子飘到了奔跑着的莱茜耳中。她立刻停下脚步，扭过头来张望——人类的声音、人类的气味、石头窝棚墙洞后面的人影，这一发现令她大吃一惊。这里有人——会用铁链锁住她的人，她必须躲避的人！

她猛然转身，大步跑开。

“快！它发现我们了！赶紧干掉它！”

看见莱茜突然加速奔跑，那小伙子有点相信自己之前判断错了。因为莱茜的行动跟那些杀羊的狗很像。

他迅速举起枪，握紧枪托开了火。

枪声惊破夜晚的寂静，而与此同时，莱茜跳开了。可怕的子弹呼啸着划过她的左肩，她疾速向右转，在原野上飞奔起来。又是一声枪响。她只觉得身子侧面一阵灼痛。

“啊，我打中了。”

“没打中。你瞧它还在跑！”

两个人还在争论，窝棚里的两条狗也开始狂吠起来。

“放狗出去！”

中年人跑去开门，两条狗立刻蹿出去，那两个人也跟在后面，往莱茜逃走的方向冲。

“抓住它！去咬！”安德鲁嚷道。

两条狗嗥叫着奔下山坡，直追上去。它们收紧肚子，展开身体，速度极快，很快就把那两个人远远抛下。突然，狗急速转向，叫得更响了，因为它们发现了莱茜的踪迹——暖烘烘的血腥气。

莱茜就在前面跑着。她两次突然停下来，去咬被子弹擦伤的一侧大腿肌肉。她听见身后有狗在紧追，但并没有加快速度。她不怕狗，只想躲开人，而她察觉到人还离得很远。现在她比以前更加害怕人了，他们不仅用铁链锁她、用栅栏关她，而且制造那种可怕的雷鸣声，震坏她的耳朵，还如无形的长鞭一般给她带来剧痛。

人真是最可恶的威胁。

她稳健地大步奔跑，觉得自己或许能够很快将他们全都甩开。

但是那两条狗精力充沛，可不像莱茜这样饥肠辘辘地跋涉了几百公里，早已筋疲力尽。尽管莱茜已经用上了最快速度，但它们还是没过多久便追到了眼前，嗥叫声愈发高亢了。其中一条狗更是从侧面扑向莱茜，猛咬上来，同时肩膀一顶，试图将莱茜撞倒。

尽管莱茜又饿又累，但她依然有自己的绝招，因此毫不畏惧。此刻，她如闪电一般转过身，勇敢地面对敌手，竖起鬃毛，咧开嘴唇，露出尖利的牙齿。

见到她这番气势，那两条追来的狗立刻收住了步子。它们虽然不如莱茜血统纯正，但也是柯利犬，因此能够理解她的警告。

站在它们面前的不是杂种狗，不能像追兔子那样对付她。

莱茜觉得自己似乎已经摆脱了眼前的小麻烦，可以继续听从内心另一个更为强大的召唤。她应该上路南行了。

但是，那两条狗见她转身离开，误以为那是怯懦的表现，立刻一齐冲上来。它们像所有柯利犬那样，抢到对手前面，同时展开进攻。柯利犬不会冲上去一口咬住不放，它们的进攻策略与斗牛犬不同；也不会像小猎犬那样犹犹豫豫，躲躲闪闪。它们往往冲到前面，同时猛撕对手，狠狠撕出长口子，令对手认输。

这当然也是莱茜自己的战术，因此她本能地知道如何应对。如果她转身迎战一条狗，另一条狗就会从另一边冲上来袭击。因此莱茜在原地转动身躯，等待应付先冲上来的那个对手。她站在月光下，警惕地高昂着头。一条狗从她身后扑来，她躲开了，打算继续往南走。可另一条狗紧接着冲上来，她再次躲闪，可惜晚了一步，被撞得半伏在地。还没等她站直，第一条狗已经又扑了上来。三条狗嘶吼着战作一团。莱茜好不容易挣脱出来，却又被拖住——每当她转身迎战一条咬上来的狗，另一条便立刻从另一边扑过来。

三条狗厮杀之际，那两个人也气喘吁吁地赶来了。他们停下来看着这场恶斗。

“乔克，现在可别开枪，”安德鲁上气不接下气地说，“会打到我的维克的。”

乔克点点头，把枪抱在怀里，伸长脖子看着那条疲惫的狗迎战经过他们多年训练的两条强壮凶悍的狗。他认为自己的狗赢定了。

但是莱茜拥有对手并不具备的优势——她的血统。她是一条纯种狗，她的祖先都是最高贵、最优秀的柯利犬。

爱动物的人都知道，血统论并不是一套空话。劣种马有时会放弃，不愿意再用力，而纯种马却会回应主人的命令，即使拼尽最后一点力气也要勇敢地往前冲一冲。同样的，杂种狗有时会哀叫着溜走，而纯种狗却会毫不畏惧地挺住，毫无怨怼。

正是这高贵的血统使莱茜获得了胜利。当一条狗向她扑来，她直面迎战，而不去理会向一侧扑来的另一条狗，终于将第一条狗打翻在地，迫使它投降。

然后，莱茜做了一个出人意料的动作。她并没有乘胜咬住对手的脖子，而是将一只前爪傲慢地放在它身上，就像获胜的摔跤手那样：只要对手不动，就不会受到攻击。

等这条狗被一声不吭地制服后，莱茜便转身对付另一条狗。她昂起头，尖利的牙齿闪着白森森的光芒，胸口传来低缓的吼声，向对手发出威慑。

另一条狗看看她，也趴了下来，开始舔爪子上的伤口。双方休

战了。

就这样，两条狗都不动了——一条倒在莱茜骄傲的爪子下面，一条则清理着自己的伤口，那神情仿佛在说："这件事和我完全不相干！"

这场景并没有持续多久，莱茜的斗志渐渐平息，吼声也消失了。她想起了自己要做的正事，便从容地转身离去。

这时，站在后面的一个人跳起来高声嚷道：

"乔克，快！快开枪！"

可那小伙子没有动。浮现在他脑海里的不再是狗，而是人。他想起了某个特殊的日子。正当他呆呆站在那儿的时候，那条疲惫的柯利犬已经无影无踪了。

"喂，乔克，你为什么不开枪？"

"我不能开枪，安德鲁。"

"为什么？"

"我想起了1918年——1918年3月，他们杀过来的时候，警卫团就是这样战斗的。当时苏格兰高地警卫团的气势，就跟刚才那条柯利犬一模一样，安德鲁，就是在1918年3月……"

"你昏头了吧？"

"没有，安德鲁。"

小伙子皱起眉头。

“什么1918年3月！”中年人冷笑道。

“不管怎么说，那条狗很勇敢，安德鲁。而且——它好像是要去什么地方。再说，再说我也没法儿开枪——我忘记补子弹了。”

“哼，这才是真话吧。忘记补子弹了——我还以为当兵的开枪之后是不可能忘记补子弹的呢。”

“得了，我们要记的事情太多了，安德鲁。”小伙子说。

两人转身往回走。小伙子轻轻打开枪膛，取出弹药筒，悄悄塞进口袋。两人带着各自的狗，沿着洒满月光的山坡，回到了简陋的窝棚里。

第十五章　再次失去自由

现在，地形变了。放眼四周，再也看不到高地和石南丛，看不到连绵起伏的山丘和布满羊群的草场。地势已经变得平坦，高高耸起的唯有那些“渣堆”——用大型工业传输带从煤矿里运出来的一堆堆矿渣。

在这里，无论是村镇还是公路，都比之前多了许多，狗已经不可能悄悄绕过村镇而不被人发现，因为这里到处都是人。虽然莱茜尽量躲避，但要想继续南下，她就不得不进入人类的视野。

于是她采取了另一种态度：尽可能地远远避开人，如果实在不得不靠近的话，就无视他们。

事实上，这里的人让莱茜觉得安心很多，因为他们同她老家的人有不少相似之处。他们往往满脸煤灰，就跟格里诺桥村的人一样。他们的衣服沾着尘土，手上提着或者头上戴着矿灯。更让

莱茜觉得亲切的是，这些人、这些村镇都散发着一种在地下劳作的气息，与莱茜主人身上的气息非常相似——只不过他们不是她的主人，而更像是格里诺桥村里的其他人。

因此，尽管莱茜比以往更加谨慎，但她对待这里的人就跟以前对待老家的村民一样：不排斥他们，但也不予理睬，既不会允许他们摸她，也不会听从他们的任何命令。

的确有人命令过她。苏格兰低地的工业区和约克郡一样，有许多养狗的行家。他们会辨别良种狗，而且一眼就能认出流浪狗。常常会有人这样说：

“瞧啊，阿齐！一条流浪狗！还不错呢。喂！宝贝儿！来这儿，快来这儿！”

他们会伸出手，打着响指，和蔼地招呼她。不过，虽然莱茜常常听见他们说的话中有几个字听上去跟她的名字很像，但她从不理睬。如果他们把手伸得太近，她就会迅速从他们手掌底下溜过去；如果他们赶上来，她就会不顾满身的疲惫和伤痕，迈开大步奔跑起来，转眼就摆脱了那些两条腿的追踪者。

一旦把人甩开，她便又恢复了平常速度，继续南行。

可现在她的步子慢了下来，因为地形改变之后她遇到一个新问题——没有食物了。以前还能找到兔子，但现在兔子越来越少，她的鼻子都几乎闻不到暖烘烘的气息了。莱茜感到，一路上驱动她奔跑前行的那种渴望已经越来越难以为继，就连躲避人类的本能她都有些难以顺从了。她太疲惫，已经无法顾忌人类，除非人的手伸得实在太近。

但是还有一种冲动尚未消退，那就是继续南下。她只想去南方。于是，莱茜慢慢地行走在苏格兰低地，穿过烟尘弥漫的工业区，追随着心中难以遏制的渴望——往南方去，义无反顾地往南方去。而在她的身后，留下了一连串故事，成为许多人家的谈资。

在一个煤矿小镇，一位年轻的妻子坐在家中桌边看着丈夫吃晚饭。忽然她说道：

“今天我遇到一件怪事，艾弗——是一条狗。”

“一条狗？谁家的？”

“不知道谁家的。我抱着宝宝坐在外面晒太阳，看见一条狗从路上跑过来，身上全是泥，可怜巴巴的，样子很难看，但不知怎么又有些好看……”

“怎么叫难看又有些好看？”

“我也说不清。可它就是那个样子。它看上去累坏了，就像是人下班的时候，又累又乏，但还要挺着。我就招呼它，可它不过来，只是站得老远，看着我和小艾弗。于是我进屋拿了一碗水，放在地上。它跑过来，啪嗒啪嗒就把水喝了。我又去拿了一碗剩饭，放在地上。它盯着看了很久，左转右转，终于还是跑过来闻了闻，就吃上了——它吃东西的样子瞧着很秀气，可我敢打赌它是饿坏了。它瘦得皮包骨头，好可怜啊。吃着吃着，它突然停下来，抬起头，就顺着公路跑了，好像是突然想起来跟谁约好了似的……”

“你还想它怎么样？回过头来向你道谢？”

“那倒不是。可吃到一半突然就跑了！为什么会这样？”

“好啦，佩吉，我怎么会知道？我看啊，你这样下去，全世界的流浪狗、流浪儿、流浪汉，都要靠你来喂了。”

说着，丈夫哈哈大笑起来。妻子也跟着笑起来。从他温和的语气里，她听得出丈夫很赞成她那么做。没过多久，她就把喂流浪狗的事忘记了。

再往南八十公里的一座小镇，一个面容清瘦的女人正在给出远门办事的丈夫写信。信中写道：

“前几天发生了一件可怕的事。村里来了一条疯狗。警员麦克格雷戈最先看见的，发现它嘴角有白沫，就怀疑它是疯了，想捉住它，却被它跑了。我当时正好去唐森太太家，看见它在街上跑，张着大嘴乱闯，样子非常吓人。麦克格雷戈和镇上的好几个男孩都在追它。我赶紧跑进贾米森家的布店，躲了快一个小时才出来。我真是被它吓坏了。

“后来我听说，他们在费内尔巷堵住它了，本以为能抓住的，不料最后关头又被它跳后墙逃走了。要知道那堵墙快两米高呢。可见它真是条疯狗，正常的动物怎么会想到做这么危险的事？

“之后大家都怕染上狂犬病，所有的流浪狗都被围捕了，关进收容所。我觉得他们应该把流浪狗全都打死，谁知道它们会造成多大的祸害呢。你瞧，这件事真让我担心，我希望你尽快办完事回来，越快越好……”

就这样，莱茜在漫长的回家旅程中，留下了许许多多有关怯懦与恐惧、信任与关爱的故事。

一条宽阔的大河流经这座苏格兰工业城市。河的两岸筑有高墙和围栏，因为河滨的土地非常值钱，几乎称得上是这座城市的命脉。

河边吊车耸立，将一块块巨大的金属板送上高高矗立的钢架。工人整天攀在钢架上，打钻、铆接，忙个不停。这刺耳的敲击声，再加上汽锤的轰响，简直震耳欲聋。正是在这里，一艘又一艘巨船诞生，并踏上横渡大西洋的航程。

造船厂和城市设施横七竖八地占据了大河河岸的每一寸空间。渡船轰隆隆往来于两岸，运送行人过河，经历了数百年风雨的古桥则是连接城市南北交通的要道。

此刻，莱茜正奔跑在一座车来人往的大桥上。她已经在河的北岸逡巡了好几天，寻找过河的途径，最终她不得不做出这样的选择——和人一起过河。

当她走在行人摩肩接踵的人行道上，时不时会有人扭过头来对她说几句话。但她毫不理会，自顾自往前走，很快就消失在人群中了。

但是有两个人却紧盯着她。他们正坐在过桥的一辆卡车上。副驾驶座位上的那个人碰碰开车的同伴，指了指专心赶路的狗。开车的同伴并没有答话，只是点点头，仿佛表示赞同，然后调整车速，不让莱茜脱离他们的视线。

终于到达桥的另一头了，莱茜继续前进，甚至略微加快了速度。总算过了河，又可以安心南下了，一时间，她只觉得斗志昂扬，不由微微翘起尾巴，显出兴高采烈的样子。

她沿着人行道往南走，并没有注意到那辆卡车已经在她身边停下。她敏锐的听觉和嗅觉被城市的吵闹喧嚣和混杂气味给扰乱了，没能及时发现危险。就在危急关头，动物的本能还是发出了警告，她猛地跃起，但是已经来不及了——什么东西从天而降。她飞起腿来挣扎，却没有用，一张网已经将她牢牢兜住，再也挣脱不了了。

她努力撕咬，却被网兜越收越紧。这时候，卡车上的其中一人已经赶到，跪在她身边，动作娴熟地将她捉住。一条皮带无情地缠住她的嘴，紧紧箍住了她的上下颚，同时另一条皮带则套住她的脖子，第三条皮带捆住了四条腿。

莱茜静静地倒在地上，一群人将她围在中间。

她感到网兜被提了起来，便使劲扭动身子，试图将网扯破。前腿挣脱出来了！一条后腿也出来了！她眼看就能脱身了！

她猛突猛撞，想从捉住她的那个人手里逃出来。这时，车里的另一个人也扑了过来。要是她能摆脱嘴上的皮带就好了！突然她感到前腿一阵拉扯和疼痛，原来是被人抓住了，接着头上也狠狠挨了一记。

她昏昏沉沉地倒在地上。突然，人群中有谁清脆地喝了一声，那两个人才住了手。一个年轻姑娘冷冷地嚷道：

"喂！你们犯不着这样残忍地对待那条狗！"

跪在地上的那个男人抬起头来。

"那该由谁来干这活儿？"他问道。

旁观的人群中发出一阵窃笑声，然而说话的那个女孩踏前一步，窃笑声便停住了。她严厉地说道：

"要是你以为粗鲁无礼有用，那你可错了。整个过程我都看见了，我要去告你们，告你们粗鲁而且残忍。"

那男人立刻换了一副口气。

“非常抱歉，小姐，不过这是我的工作，不得不加倍小心。现在疯狗很多，因此捕狗员必须履行职责。这是为了保护公众安全。”

“胡说！这条狗完全没有狂犬病的症状。”

“那可说不准啊，小姐。不管怎么说，它是一条流浪狗。所有的流浪狗都必须抓起来。它没有狗牌。”

那年轻女孩刚想答话，站在她旁边的一个男人碰了碰她的胳膊。

“他们说得对，艾蒂尔达。不能让没主人的狗到处乱跑。必须要采取一些控制措施。”

“这位先生说得对。”捕狗员接口道。

那女孩看看身边的男人，绷起脸说道：

“可他们也不能这样控制啊。起来，我帮你把它弄上车。”

“它会逃走的，小姐。”

“胡说。你起来。”

“它跑了，我们可又得重来了，小姐。”

“起来！”

那两个跪着的男人看了一眼围观的人群，仿佛在说，对这么一个愚蠢的女人真是讲不通道理。然后他们站起来，那女孩却跪下来。莱茜忽然觉得有一双温柔的手正从容地抚摸着她，一个亲切的声音在安慰着她。

“好了，给我一条链子。把网解开。”

两个男人照办了。女孩将皮带轻轻套住莱茜的脖子，一只手拍着莱茜让她安静，另一只手轻轻拉了拉链子。

“来，站起来。”她说。

训练有素的莱茜顺从地站了起来。链子轻轻一拽，她便跟着走到卡车前。男人打开车门，女孩将骨瘦如柴的柯利犬抱上车。栅栏门哐啷一声就锁上了。

“你瞧，”她冷冷地说，“你们不用把流浪狗当野兽对待。”

说完，她转身大踏步走了，几乎没有理会跟她一起离开的那个男人。

“大庭广众之下这么闹有点吓人啊，艾蒂尔达。”走了好一会儿，那男人终于开口道。

女孩没有回答。两人走到桥中间，那男人看看她，停下脚步。

“对不起，”他说，“我真该揍。你做得很对。”

两人站在桥上，默默地望着船来船往的河面。

“不知道为什么，”他又说道，“男人往往不敢在大庭广众之下站出来说话。其实，他是想做的，就像你刚才那样，可是他没有去做。我想是因为懦弱吧。反而是女人更勇敢。你做得对——我一开始就该这么说的。”

女孩伸手握住他的大衣袖子，表示理解他的意思。

“勇敢的不是我，而是那条狗，”她说，“你知道吗，看见她，我就想起了邦妮。你还记得邦妮吗？我小时候养的那条柯利犬。”

“哦，是的——我刚才没有想起来。艾蒂尔达，邦妮是一条非常出色的狗。”

“刚才那条狗也很出色，迈克尔。唉，她饿得骨瘦如柴，却不知怎么让我想起了邦妮。她们都是那么有耐心，而且——而且这条狗似乎非常善解人意，她不能讲话真是罪过。”

男人点点头，掏出烟斗。两人倚在桥栏杆上。

“他们会拿她怎么样？”沉默了一会儿，女孩问道。

“谁？开卡车的那两个混蛋？”

“是啊。”

“哦，送她去收容所吧。”

“我知道，然后他们会拿她怎么样？他们是怎么对付流浪狗的？”

“不知道。我想可能会留上一阵子，然后，如果没有人来领，唔，他们就会把她处理了。”

“把她杀了？”

“哦，会用某种人道的方式吧。送她进毒气室，或者用其他什么方法。据他们说是完全没有痛苦的，就像睡着了一样。这是有法律之类的规定的。”

“没有人能救她吗？我是说，如果主人不知道的话，就没办法了？”

“我想没有人能救她。”

“是不是有法律之类的规定，你可以去收容所认领狗？我是说，如果你支付了费用什么的话？”

男人吸了一口烟。

“我觉得有这样的规定——应该有。”

他抬起头看着身边的女人，然后微微一笑。

“我们走吧。”他说。

第十六章　千万不要相信狗

卡车一驶进这座四面高墙的院子，铁门立刻就哐啷啷关上了。卡车随后掉头，停在房子外的台阶前，车后的栅栏门恰好顶住入口。

栅栏门后面，莱茜安静地趴在一角。车上还有别的狗，穿行城区这一路上，它们都狂吠不止。只有莱茜默默地趴着，仿佛一群下等囚犯中的女王，对外面的世界置之不理，唯有眼睛炯炯有神，就同她在荆豆丛中养伤时一样。

即使栅栏门打开之后，她依然不失威仪气度。其他杂种狗都尖叫着乱窜，被那两个人捉住，赶进一间混凝土大仓库里。只有莱茜一动不动地留在卡车上。

或许是她从容高贵的态度迷惑了捕狗员，又或许是捕狗员还记得那个年轻女孩是如何轻而易举就将莱茜送上了卡车。这时候，他拿着一条狗链子爬上车。莱茜静静地等待着，自尊心不允许她像其

他狗那样为了自由而挣扎吼叫。此刻她镇定地忍受着那人的手将皮带套到她头上，没等链子拽紧，她已经顺从地站起身，像从小训练的那样，跟随那人下了车。他们走下卡车后挡板，进入一道空荡荡回声四起的走廊。莱茜不徐不疾地走着，颈上的皮带既没有朝前扯着，也没有往后拖着。

也许这让捕狗员愈加放松了警惕。当他们来到一扇栅栏门前时，助手刚将门推开，捕狗员就俯身松开了皮带。

刹那间，莱茜自由了。

她猛然如闪电一般跳开。捕狗员扑上去拦她，但人的速度与动物相比简直慢如蜗牛。他刚反应过来，莱茜已经掉转方向，从他腿边贴着墙蹿了出去。

可她沿着走廊没跑多久便停住了。此路不通。前面就是她刚才下来的卡车，顶着入口，两边都没有留下任何缝隙。

她立刻转身，冲着追她的两个人往回跑，从他们的胳膊和腿中间闪过，纵身跃到他们身后。左边是楼梯。她飞奔上楼，眼前一道十字形走廊。她朝南面跑去。

这时候，楼里的叫喊声此起彼伏响了起来。走廊里有人，她跑过去的时候，他们都伸手去抓她。她仿佛足球场上的后卫一般左冲右突，很快来到走廊尽头。她突然刹车。眼前一堵墙，墙上有窗，却是紧闭着的。

莱茜再次转身。长长的走廊上人越来越多，都朝着她飞奔过来。莱茜看看四周，走廊两侧有许多门，但都关着的。似乎无路可逃了。

追她的人仿佛志在必得。捕狗员和他的助手戴着鸭舌帽，走在最前面。捕狗员嚷嚷着：

“请大家待在原地。我们这就抓住她了。请大家不要动，她跑不出走廊了。她不是条恶狗，不会咬人。”

捕狗员慢慢靠近，他的助手拿着网跟在后面。他们一步步逼近了。

莱茜走投无路，却依然骄傲地站在那里，高昂着头，等待着。

时机来了。莱茜身边一扇森然紧闭的门突然打开，一个威严的声音一本正经地喝道：

“外面出什么事了？你们不知道这里是法庭，正在审理……”

刚说到这里，一条黄褐色的影子便从说话人的身边擦过，撞到他的腿，险些将他掀翻。那人鄙夷地瞥一眼走廊上拿着网赶过来的两个人，砰地关上了门。

这会儿，门后面已乱作一团。莱茜正满屋子乱闯，寻找出口。但是她一无所获。这房间里所有的门都紧闭着。最后，莱茜被困在一个角落。人们都躲开了，把她扔在那儿。人的叫喊声、椅子的拖拉碰撞声渐渐平息，只听见小木槌砸得咚咚响，一个声音严肃地说：

“本庭能否将之理解为被告方依照此前承诺所召唤的神秘证人？”

房间里顿时爆发出一阵哄笑。不仅是几个衣着庄重的年轻人乐不可支，就连那位头戴白色假发、不可一世的人物也放声大笑起来。他向来以犀利睿智名闻遐迩，而案件审理实在是冗长又无聊。他的这句妙语将一次又一次出现在全国各地的报端：

“另据报道，今日法律界智者麦夸里法官在法庭上再次显露其与众不同的幽默感……”

这位大人物和蔼地晃着脑袋，假发险些滑到额头。恰在此时，莱茜仿佛回答似的叫了一声。

法官笑得更开心了。

“本庭认为这是肯定的回答。而这位是本庭二十年来所见过的最聪明的证人，因为从没有人能够这样毫不含糊地回答是或者否。”

房间里再次爆发出一阵哄笑。身穿长袍的年轻人如政坛大员一般点了点头，彼此交换眼色。

今天老麦夸里的状态简直棒极了！

似乎法官认为只有他本人才有权裁定笑声可以持续多久，这时他一皱眉，一瞪眼，又敲响了小木槌。

“警长！”他嚷道，“警长！”

一名身着制服的男人赶紧跑到法官席前，立正敬礼。

“警长，那是什么？”

“是一条狗，大人。”

“一条狗！”

法官扭头瞥了一眼仍然待在角落里的那只动物。

“你证实了我的猜测，警长，”法官和蔼地说，“的确是一条狗！”他的语气陡然严厉起来，“本庭当如何处置它？”

“我想我懂您的意思，大人。”

“我的意思是什么？”

“您想把它逐出法庭，大人。”

“没错！逐出法庭！逐出法庭！”

警长惊慌失措地东张西望。他上任以来，从未出现过这样的难题。也许这在司法历史上也是绝无仅有，以至于没有任何典籍、任何法规曾经提及应当以何种正式程序处理此类事件。其他可能发生的情况统统有人预想到了，可是——到底该如何处理一条狗？警长实在不记得有什么成文规定。

“犬类——逐出法庭”，也许的确能在哪儿找出相关法规，可是警长一时也记不起来了。如果没有正式程序可以援引，那如何才能……

突然，他眼睛一亮！有了，只要将命令传下去就成了。他转身看着开门放莱茜进来的那个人。

“麦劳士！把这条狗逐出法庭。它从哪儿进来的？”

门卫面红耳赤，不满地看了一眼顶头上司。

“准是从费尔格森和唐奈尔手里逃出来的。我刚才瞅见他们拿着绳子在外面呢。”

警长扭转身，将这番话翻译成官腔转达给法官。

“大人，这条狗是从收容所当局手中逃脱的。有两名收容所方面的人士就在外面等候。鉴于逮捕、关押流浪狗事宜属于收容所管辖范围……”

“对于此事，本庭将不予以正式裁定，而仅作非正式裁定，警长，非正式裁定……”

那几个身穿长袍、兴高采烈的年轻人再次微笑着交换了一下眼色。

“本庭非正式裁定如下：此乃收容所职责，令有关人员入庭，协助将该动物逐出。”

“遵命，大人。”

警长急匆匆跑到门口，低声关照道：

“赶紧把狗弄出去，趁他还没发火。”

那两个人拿着网进屋。法庭上一众人等全都兴致勃勃地站了起来。百无聊赖之中，大家显然都很欢迎这一番调剂。

那两个人小心翼翼地朝莱茜所在的角落慢慢逼近。

“大人，我们这就把她弄出去。”其中一个安慰道。

可他话音刚落，莱茜已经转身跳开。她知道那张网意味着什么，那是她的仇敌，她必须逃走。

屋里再次乱作一团。那几个年轻人瞅准机会高喊起来，就像中学生追逐打闹时一样。

“哟嚯！它逃啦！”

“喂，快瞧啊，华森！在桌子那儿呢！”

“啊哟喂！我的腿！”

他们欣喜若狂地叫嚷着，表面上是在帮着围捕莱茜，其实却是竭尽全力地阻挠捕狗员，不让他们得手。

可不知不觉间，莱茜还是被逼到了墙边。眼看人群步步逼近，突然，她发现头顶上有一扇窗子开着。她纵身蹿上窗台，却又站在那儿迟疑起来。原来下面正是停卡车的院子，而窗子距离混凝土地面足足有六七米高。

那两个人信心十足地走过来，他们知道这儿太高，狗不可能跳下去。他们随即张开了手里的网。

窗台上的莱茜颤抖起来。左下方是那辆卡车的车顶，到窗台的高度差约有三米，但是距离太远。莱茜伏下身，划动爪子，仿佛想找到更稳的落地点。她全身的肌肉都在颤抖。

狗与猫不同，经验让它们恐高，就像人一样。但此刻，只有跳下去这一条生路。

莱茜身子一矮，肌肉一紧，朝着卡车的方向猛然跃下。但是在空中的时候，她就知道自己没办法够到卡车，本能的时间感和平衡感告诉她，她无法安全着地。

于是她探出两条前腿，勉强扒到车顶，就在身子悬空的瞬间，后腿奋力踏向卡车的一侧，可还是重重摔到地上，昏了过去。

楼上，法庭的窗子前伸出一排脑袋。捕狗员高喊道："这下逃不了了！"

他和助手转身要追，却被一声断喝叫住。法官瞪着他们，眉头紧锁，幽默感不知去向。

"这里是法庭，先生们，请务必保持安静。现在，我宣布休庭。"

木槌一敲，全体起立，依照古老的传统，法庭上响起"肃静！"的喊声。

那两个人嘟囔着向外走去，一踏进走廊，撒腿便跑。

"这条该死的狗，"年纪大的那个气喘吁吁地说道，"等抓到她，看我不给她点颜色看看……"

可是，当他们跑到院子里四下寻找，却大吃一惊。卡车还在，可是刚才莱茜摔倒晕厥的那个地方，却什么也没有。院子里空空如也。

“唐奈尔，今天真是怪事儿没完了，”年纪大的那个喘着气说道，“她应该就死在这儿的嘛，怎么不见了？”

“翻墙逃了，费尔格森先生！”

“墙有两米高呢——何况她应该死了呀。唐奈尔，那该死的东西不是狗，是吸血鬼。”

两人一边说，一边往地下室走，返回办公室。

“费尔格森先生，吸血鬼是长了翅膀的吧？”

“没错，唐奈尔。我就是这个意思。动物要想翻那堵墙，非得是有翅膀的不可。”

唐奈尔抓抓头皮：

“我以前看过一部讲吸血鬼的电影。”

费尔格森板起脸来训斥道：

“唐奈尔，我正在思考这件事情呢——这是一件非常重要的事情——你却胡扯起什么电影来了。你要老是这副样子，可怎么在市政机关里出头呢？现在的问题是，我们该怎么对付那条狗？”

唐奈尔噘起嘴。

“我不晓得。”

“好好想想嘛。如果现在只有你一个人，你会怎么办？”

唐奈尔低头沉思了好一会儿，终于露出笑容。

“我们开车出去，再把她找回来！”

费尔格森摇摇头，好像对人类都绝望了似的。

“唐奈尔，你什么时候才能有长进啊？”

“有长进？我什么事情没长进啊？”

“要节省时间！节省时间！”费尔格森强调道，“我告诉你多少次了，作为一名公务员，你要守准工作时间。要是你没日没夜地干活，他们准会巴望你一直就这么干下去了。”

“可不是吗？我都忘了。”

“忘了！你忘了！可别再忘了！学我的样子，老弟，不然你不会出头的。”

年轻人面露愧色。

“你这样可不行，”费尔格森继续说道，“多动脑，少动腿。我们现在要做的就是写一份报告。”

他拿出铅笔和纸，咬着铅笔头，冥思苦想起来。

“不好办啊，唐奈尔，”过了好久，他才开口道，“这件事算是给本部门抹黑了。我在这儿待了二十二年，从来没有让一条狗跑了。我真不知道该怎么写这份报告。”

唐奈尔抓了抓脑袋，突然灵光一闪。

“要不，能不能就把这件事给忘了？一个字都不要提。”

费尔格森抬起头，佩服地看着他。

“看来你还有两下子，唐奈尔。你终于开窍了。但你忘了一件非常重要的事情。这事儿已经闹到法庭上了，肯定会传出去的！”

“那是没错，”唐奈尔眉飞色舞地继续说道，“不过你可以说我们已经抓住那条流浪狗了。如果他们要查的话，我们就把今天早上抓住的那条很凶的大狗交出去。只要少报一条狗就成，这么一来，跑了一条狗的事就不会给你抹黑了。”

“唐奈尔，你真的开窍了！”

费尔格森立刻忙碌开了。他绞尽脑汁写了整整半个钟头。刚刚写完，就听见门铃响。一个警察推门进来，身后跟着一男一女，正是之前在桥上遇到的那两个年轻人。

“先生，这里就是收容所。”警察说道。

那男人上前一步，说道：

“我听说，只要支付了收容手续费和养狗牌照费，我就能领养一条无人认领的狗，是不是？”

“没错，先生。”

“那么，我——哦，是这位小姐——想认领今天早上你们抓到的那条柯利犬。”

“柯利犬？”费尔格森应道，同时脑筋飞快地转起来，“柯利犬吗？可是我们今天早上没抓到过柯利犬啊。”

年轻人又上前一步。

“我说，你们打什么主意呢？你肯定非常清楚今天早上你们抓了一条柯利犬，而且对它非常粗暴，我当时就在场。如果你们要耍什么花招的话，麦凯斯警官就在这儿，他会认真调查的。”

费尔格森挠一挠头皮。

“这个嘛——实话告诉你吧，它逃走了。”

“什么？”那女孩惊呼道。

“逃走了，小姐。你找这儿随便哪个人问好了。它逃了，搅了麦夸里法官的庭审，然后跳了窗，翻墙跑了。”

“跑了！”

女孩愣了好一会儿，最后脸上浮现开心的笑容。

“我不知道你们说的是不是真话，”那年轻人说道，“不过为了保险起见，我还是填一份领养这条狗的书面申请。”

他在一本小册子里写了几行字，便转身往外走。那女孩喜滋滋地跟在他身后。

“真遗憾，艾蒂尔达。”上楼的时候，那年轻人说。

女孩却笑了。

“没关系，我很高兴。你瞧，它又自由了。自由了！虽然我没有得到它，可是它自由了呀！”

而在地下办公室里，费尔格森则在助手面前大发雷霆。

“这下可好了，我只好报告它逃跑了。那两个混蛋肯定会申请领养它，我就不得不解释为什么没能把狗交给他们了。”

他怒不可遏地将费尽心思写好的假报告撕了个粉碎。

“心思全白费了。好好吸取教训吧，唐奈尔。你从这件事情当中得出了什么结论？”

“绝对不能写假报告。”唐奈尔毕恭毕敬地答道。

“哎哟，不对，”费尔格森轻蔑地说，“你永远也出不了头了，唐奈尔。得出的结论应该是：千万不要相信狗！你瞧瞧这条狗，装得就跟抱在手里的婴儿似的。我就信了她一秒钟，她就惹下滔天大祸。她明明应该是不敢跳窗的，可她偏偏怎么着？”

“偏偏就跳了。”唐奈尔接口道。

“说对了。她明明应该是死了，可她又偏偏怎么着？”

“偏偏就还活着。”

“又说对了。然后呢，她明明应该是没办法翻墙的，可她又偏偏怎么着了？”

“偏偏就翻过去了。”

“太对了。所以说，唐奈尔，你可要记住这个教训，只要你还在干这份工作，就千千万万不要相信这该死的狗。它们不是——唉，它们不是人啊。它们真的不是人啊！”

第十七章　跨越边境

莱茜一步一步，缓缓行进在原野上。

她已经不再小跑，而是在艰难地行走。头耷拉着，尾巴了无生气地低垂着，瘦骨嶙峋的身体左右摇摆，仿佛要拼上全身力气，才能够勉强迈动四条腿。

但是她依然保持着方向，依然向着南方前进。

她疲惫地走在草原上，丝毫不理会正在吃草的牛群。那些牛纷纷抬起头来，看着这条从身边走过的狗。

沿着小径越是往前走，草便越是茂密粗糙。渐渐地，小径上的脚印越来越重，越来越泥泞，慢慢变成了小水塘，最后，一条大河出现在眼前。

莱茜在这个布满脚印的地方停下来。这里是牛群平常喝水、大热天乘凉的地方。不远处，在河水缓缓回旋的地方，正有几头牛

站在齐膝深的水里，转过头来看着她，嘴还在不停地蠕动着。

莱茜呜咽了几声，抬起头，仿佛在探寻对岸传来的气味，然后她踏了几下腿，便尝试着蹚水过河。水越来越深，不一会儿，爪子就触不到底了。回旋的水流把她往上游推，她开始游泳，尾巴在身后摆动起来。

这条河与苏格兰高地上的那条河不同，水流并不湍急，也与工业城市中的那条河不同，周围没有密布的工厂，水质也不肮脏。不过，这条河很宽阔，奔腾不息的流水带着莱茜冲向下游。

她疲乏的腿有节奏地划动着，前爪稳健地蹬着。南岸眼看着向她身后移动，可她似乎无法靠近。

她虚弱得麻木了，划水的节奏越来越慢。突然，昂起的头沉到了水下，这仿佛使她从梦中惊醒一般，开始疯狂地挣扎起来。她又高高挺起头，前爪扑打得水花四溅。她有些惊慌了。

不过，莱茜的脑袋再次重新探出水面。她稳住动作，继续向前。

她勇敢地游了很久，终于到达对岸，可是却已精疲力竭，几乎爬不上岸了。她伸出前爪去抓河堤，可是河堤太高，她跌了下来。回旋的河水带着她往上游涌。她又试了一次，可还是摔回河里，被卷进漩涡。最后，她的脚踩到了一处河底斜坡，这才得以向岸边蹚去。

也许是皮毛中的水成了一个额外的沉重负担，她脚步踉跄。

与其说是走上岸的，还不如说是爬上去的。最后，她倒在岸上，再也挪不动一步。

可是，她已经到达英格兰了！莱茜自己还并不知道。因为她只是一条渴望回家的狗，而不是一个看得懂地图的人。她并不知道自己已经穿越了苏格兰高地和低地，也不知道刚才渡过的正是特威德河——英格兰和苏格兰的界河。

所有这些她都无从知道。她只知道爬上岸时突然发生了一个奇怪的情况。她的腿不听使唤了。当她努力前行时，疲惫的肌肉坚持不住，身体一沉，猛地瘫倒在地。

她呜咽了一声，前爪刨着地面，继续向南挪动。她往前爬了一米，又爬了一尺，再爬了几寸，终于再也动弹不得了。

莱茜侧躺在地上，伸着四条腿，好像死了一样，目光呆滞，只有消瘦的两肋还在一起一伏地抽搐。

莱茜就这样躺了一整天。苍蝇围着她嗡嗡乱飞，她却抬不起头来驱赶。

夕阳西下，河对岸传来牧人的吆喝和牛群的叫声。一只鸫鸟在即将消逝的暮色中唱响最后一串音符。

黑暗笼罩，四野传来夜的声响。猫头鹰发出凄厉的长啸，觅食的水獭悄悄搅起涟漪，远处隐隐有农场的犬吠，近旁的树枝随风低语。

当黎明降临，天地间又响起崭新的声音。河面的雾霭尚未散去，一条鲑鱼跃出水面，激起浪花。有人从田埂边的小屋里推门出来，惊得乌鸦聒噪个不停。阳光洒满大地，头顶的树叶在清新的晨风中翻飞闪烁，在草地上投下淡淡的倩影。

当阳光照到莱茜身上，她慢慢站起身，再次出发了。她目光呆滞，步履迟缓，离开那条大河，向着南方走去。

在这间狭小简陋的屋子里，桌上燃着一盏灯，丹尼尔·法顿坐在桌边的椅子上慢吞吞地念着报纸。壁炉里烧着煤，他的妻子坐在炉边的摇椅上织袜子。椅子不停地前后摇摆，她的手指不停地在毛线和棒针之间穿梭，两者仿佛密切关联了似的——摇一下椅子，织三针。

夫妇俩都上了年纪，共同生活这么久，似乎不再有交谈的必要。只要在一起就心满意足了，而且也都知道彼此不会分离，一直就在身边。

终于，老头儿把金属框眼镜推到额头上，看着炉火，说：

“我们得加点煤了。”

摇椅上的老太太点点头，嘴里默默地念叨着针数。她正织到袜子后跟，要“分针”，不想算错针数。

老头儿慢慢站起身，取过煤斗，走到水槽边。碗柜下面就是煤箱。他拿起小铲子，慢慢铲了一些煤出来。

“唉，快没了。”他说。

老太太朝他看了一眼。两人都开始暗暗计算，买煤得花多少钱。之前的五十公斤那么快就要用完了。他们每天都要为这些事情操心。钱总是不够花，他们唯一的积蓄就是政府那点可怜的抚恤金——因为他们的儿子在法国阵亡了，还有就是每周十先令的养老金。手头虽然不宽裕，但夫妇俩精打细算，没有欠债。他们这间小屋挨着公路，远离村镇，住在这里并没有多少开销。法顿在屋子周围开辟了小小的菜园，又养了一群鸡、几只鸭子，还有一只“为圣诞节养肥”的鹅——这已经成了他们这些年来最喜欢讲的笑话。六年前，法顿用一打鸡蛋换来一只雏鹅，他们一直精心饲养，说是到圣诞节就有大肥鹅吃了。

老爷子的话变成了现实——鹅果然长得又大又肥。可是等到圣诞节前几天，法顿找出小斧子，却在屋里盯着这只鹅坐了很久。终于，善解人意的妻子温柔地抬起头来说：

“丹，我今年不怎么想吃鹅。不如杀只鸡吧，再说……”

“你说得对，黛丽，”法顿答道，“这么大一只鹅，就我们俩吃，太浪费了。杀一只鸡足够了……”

于是那只鹅幸免于难。之后每一年，它都恪尽职守地为圣诞节养肥。

“今年就把它宰了，”法顿每次都会如此宣布，“养了整整一年，总是像个国王似的趾高气昂地到处转悠。今年就要把它宰喽。”

但是它每年都活了下来。妻子早就知道了。每当法顿言之凿凿地宣布要把鹅送进圣诞节烤箱时，老太太总是顺从地附和。而当他在最后一刻犹豫不决，声称这么大一只鹅两个人根本吃不了时，老太太又点头赞同。她心里明白，就算是他们俩——用她自己的话来说——“入土为安”了，这只鹅还会一直活下去。

但她无意反对丈夫的决定。事实上，如果丹当真履行了自己的诺言，她反而会觉得天崩地陷了。

养一只胃口奇好的肥鹅的确要花不少钱，但钱总是有其他办法省下来的。这里省一分，那里省一厘，只要处处精打细算，就不会分文全无。

他们的生活就是这样，不卑不亢，知足常乐，但又时时思量着一分一厘，就像这天晚上，两人就在盘算要买多少煤，能用多久。

“我说，丹，不用添煤了，”老太太说，“用灰封住火就行，我们也该上床了。我们睡得太晚了。”

“你再坐一会儿吧，”丹尼尔答道，他知道黛丽喜欢每天晚上在壁炉前待上几个钟头，坐在摇椅里编织。“现在还早呢。我就添上一点点。天知道今天晚上怎么这么冷，从东边飘来的雨，真够冷的。”

黛丽点点头。她一边摇，一边倾听小屋东面传来的狂风呼啸，雨点不断拍打着百叶窗。

“马上就要入秋了，丹。”

“是啊。从现在起，雨就是从东面来的了。真够冷的！都冷到骨头里去了。这种鬼天气，我可不愿意走远路。”

老太太慢悠悠地摇着，心绪渐渐飘远。每当有人说起坏天气，她就会想起儿子小丹尼。他们在战壕里的时候可没有什么火炉。战争爆发的第一年冬天，他们是在地底下的泥坑里度过的——夜里睡觉都没遮没拦。人在那种恶劣的条件下是活不下去的。可是，丹尼休假回家的时候，却总是红光满面，身体硬朗。她提醒他留神保暖，胸口别冻着，喉咙别潮着，他却总是叉着腰，哈哈大笑——那么洪亮有活力的笑声。

“哎，妈妈，法国的冬天都经历过了，还能有什么寒冷会要我的命呢。”他乐呵呵地说。

可要他命的不是寒冷，也不是疾病，而是机关枪——这是写在上校的来信里的。这封信黛丽一直保存着，就藏在她的结婚证书旁边。

啊，战争——无情的战争。子弹夺走了所有人的生命，无论是勇敢的还是胆怯的，无论是体弱的还是强健的，比如丹尼。并不是失去生命的才是勇者，因为懦夫也一样会死。真正的勇者是活下来的人——在冰冷的泥淖和风雨中，依然保持坚定的信念和顽强的斗志。这才是真正的勇者。多少次，每当狂风呼啸，冷雨敲窗，黛丽的脑海中便会浮现那样的画面。尽管已经过去很多年了，她依然会时时回想起当时的情景，一边摇着摇椅，一边手指间上一针，下一针，上一针，下一针。

突然她停住摇椅，抬起头静静坐了片刻，然后又开始摇起来，上一针，下一针，若有所思……

然后，她又停住了。屏住呼吸，侧耳细听——除了炉火的哔剥声，仿佛还有什么动静。身边，煤嗞嗞嗞地燃烧，灰烬扑簌簌落进炉膛，老头儿沙沙沙翻着报纸；远处，百叶窗上松动的一条板子被风吹得啪嗒嗒作响，疾雨呼啦啦落个不停。但是更远的地方，在狂风的呼啸声中，仿佛还夹杂着什么声音。难道仅仅只是她的想象，因为她想起了多年前阵亡的丹尼？

她低下头织起了活儿，可紧接着，又直起身来。

“丹！鸡窝那边有动静！”

老头儿也坐直了。

“唉，黛丽，又是你的幻觉，”他责怪道，“哪儿有什么动静，就是刮风的声音嘛。百叶窗有一条板子松动了，我得去修修了。”

他继续看报纸，可是这位白头发的老太太依然挺着脖子坐直了身子。过了一会儿，她又开口道：

“你听，又响了！肯定有什么东西！”

她站了起来。

“丹尼尔·法顿，要是你不去看看你的鸡出了什么问题，那就我去！”

说着，她拿起披肩。这时老头儿站了起来。

“好好好，”他嘟囔道，“你坐下。你要我去，我就去，这样你满意了吧？我这就去看看。”

“戴上围巾再出去。”妻子嗔怪道。

她看着丈夫走出门，现在屋子里只剩下她一个人了。平常的幽静生活早已令她的耳朵熟悉了日常的一切响动，此刻，她听着丈夫的脚步声逐渐远去——不一会儿，却又听见风雨声中传来他急匆匆往回赶的脚步声。他在跑。她立刻跳起来，面对着门。

门推开了。“戴上披肩跟我来，”他说，“我看见它了。灯笼在哪儿？”

两人一起冲进夜色，顶着风雨，走上公路。最后，老头儿在路边的山楂树篱边停住，爬下路基。老太太举着灯笼，想看看丈夫究竟发现了什么——原来是趴在沟里的一条狗。她看见它转过头，在灯光照亮的瞬间，它的眼睛炯炯放光。

“可怜的小家伙，”她说，“夜里这么冷，谁忍心把自家的狗扔在外面?”

她的话被风声吹散了,但她的声音老头儿还能听见。

“它累得走不了了,”他嚷道,“把灯举高点!”

“要我帮忙吗?”

“什么?”

她弯下腰,大声道:

“要我帮忙吗?”

“不用!我能行!”

她看见丈夫俯身将狗抱起。她迎着风,裹紧披肩,走在他身边,将灯笼高高举起。

“慢点,丹,”她说,“可怜的小家伙!”

她跑到前面去开家门。老头儿气喘吁吁地抢步进屋。门砰地关上了。老夫妇俩将莱茜安顿在壁炉前的地毯上。

他们退后几步,瞧着它。莱茜静静地趴着,双眼紧闭。

“我猜它活不到明天早上。”老头儿说。

“不管怎么说,总得做点什么。至少可以试试吧。快把湿衣服脱下来,丹,不然你也要倒下了。瞧,它在发抖呢——它还不会死。去把碗柜底下的麻布袋拿来,丹,把它身上的水擦擦干。”

老头儿费力地弯下腰,擦拭着狗湿透的长毛。

“它身上太脏了,黛丽,”他说,“会把你的干净地毯弄得一团糟的。”

“那你早上就有活干了，把地毯抖干净，”她厉声答道，“我们是不是该喂它点什么？”

老头儿抬起头，看见妻子手里拿着一罐炼乳。他们无声地交换着意见。这是家里最后一点牛奶了。

“早饭喝茶不用了。”妻子说。

“留着吧，黛丽，你不爱喝不加奶的茶。”

“哎，这有什么。”她答道。

她开始将炼乳打进热水中。

“丹，我常想啊，我们做事情往往是顺着习惯来，”她继续说道，“都说中国人喝茶从来不加奶。”

“那大概是因为他们不知道加奶更好喝。”丈夫喃喃道。

他擦拭着狗冰冷的身体，妻子则搅动着炉子上的奶锅。屋子里静悄悄的。

莱茜一动不动地趴着。在她朦胧的意识中，一种隐隐约约的安宁感悄悄流入她疲惫的身体。过去的许多回忆渐渐苏醒，抚慰着她。这地方的气息非常“对”。空气中混合着煤烟和烤面包的香味。触碰她的那双手，并没有压制她、伤害她，而是在安抚她，缓解她的疼痛，放松她的肌肉。这里的人既没有突然扑向她，也没有厉声吼叫她，或是扔东西砸疼她。他们动作轻柔，决不会吓到一条狗。

而且，最重要的是，这里很暖和，暖和得让人沉醉，暖和得令感觉消失，令意识模糊，就仿佛一条和缓的溪流，慢慢流向忘却和死亡。

朦胧中，莱茜感觉有人将一碟热牛奶放到她的头旁边。她想从半梦半醒中挣脱，想抬起头来，却怎么也动不了。

然后，她感觉有人把她的头扶起来，把热牛奶一勺一勺送进她嘴里。她吞咽起来——一口——两口——三口。一丝暖意注入她的体内，终于让她堕入梦乡。她一动不动地趴着，送进嘴里的牛奶流出来，滴到了地毯上。

老太太直起身，站在她丈夫身边。

“丹，你看它是不是要死了？它咽不下去了。”

“不知道啊，黛丽。它也许能撑过今天晚上吧。我们已经尽力了。现在能做的就只有——听天由命了。”

老太太注视着莱茜。

“丹，我想在这儿陪它。”

“听着，黛丽，你已经尽力了，而且……”

“说不定它会要人帮忙呢，再说……你瞧它多漂亮啊，丹。”

“漂亮？不过是条丑陋的杂种狗，丧家犬……”

“哎，丹，我从没见过这么漂亮的狗。”

老太太安安稳稳地在摇椅上坐下，准备要守上一夜。

一个星期后，当法顿太太坐在摇椅上，晨曦透进窗子，那个风雨之夜的记忆已经如同一段遥远的梦境了。她笑呵呵地从眼镜上方看着莱茜。莱茜正趴在地毯上，高高竖起耳朵。

“是他，”老太太大声说道，“你听出来了，对不对？”

的确是她丈夫的脚步声，然后门开了。

“你瞧，丹，她已经能听出你的脚步声了。”老太太骄傲地说道。

“是吗？”他将信将疑。

“没错，”黛丽肯定地答道，“那天有个小贩来敲门，她就闹腾得都快把屋顶掀了。她是要让那个人知道，虽说你去镇上了，可这个家里还是有人的！但是她一听见你回来，却一点声音也没有。所以说啊，她肯定是听得出你的脚步声。”

“是吧。”老头儿又应了一声。

“她可真是聪明——又那么漂亮，”老太太仿佛是在对狗说，而不是对着她的丈夫，“是很漂亮吧，对不对，丹？”

“是啊，没错。”

“可你一开始还说她丑。”

“哦，那是以前……”

“你瞧瞧，我找了一把旧梳子，就把她的毛梳得那么漂亮了。”

夫妇俩看着莱茜。此刻，莱茜正高昂着脑袋，摆出柯利犬常有的姿势，如雄狮般地半卧着，鼻吻修长优雅，颈毛开始恢复昔日的洁白光泽。

“你瞧她是不是完全变样了？”老太太骄傲地问道。

“是啊，没错，黛丽。”老头儿闷闷不乐地回答。

老太太听出了他的不悦。

“怎么了？”

“唉，黛丽，你瞧，是这样的。一开始我还以为她是条杂种狗。可现在……唉，她其实是条良种狗啊。”

“她当然是条良种狗嘛，”老太太高兴地说，“她需要的只是一点温暖，一点吃的，还有对她好的人。”

老头儿摇摇头，好像因为妻子没明白他的意思而有些恼怒。

“是啊，可你难道不明白吗，黛丽？她是一条良种狗——而且现在她弄干净了，恢复健康了，你就该看出来她是一条很值钱的狗……”

“那又怎么样？”

“这个嘛，一条值钱的狗是不会没有主人的。”

“主人？好主人会把这可怜的小家伙扔在外面流浪，在那么冷的夜里挨饿，瘦得皮包骨头？真是个好主人！”

老头儿又摇摇头，重重地在椅子里坐下，吸了一口陶土烟斗。

“不行啊，黛丽，这样不好。我看得出来，她是一条值钱的狗，所以你不能对她太用心，因为她的主人随时会来……”

老太太坐在那儿，开始思忖这个可怕的新问题。这条漂亮的狗——是属于她的狗！

她凝视着炉火，又把目光转到莱茜身上。过了很久，她终于说话了：

“我说丹，如果真的有人要从我们身边把她带走，那么还是越早越好。唉，如果真有主人的话！你去找找看，好不好？各处问问去。”

老头儿点点头。

“这样才坦诚，”他说，“我明天就去镇上问问。”

“不行，丹，今天就去，这就去。要是不弄清楚，我就一分钟也安不下心，一分钟也睡不着觉。今天就去各处问问，如果得把她送走，那就马上送走。要是她没有主人，那么我们也尽了责任，可以安心了。”

老头儿还在吸着烟斗，老太太不停地催促他，终于说服他当天就出去打听。

中午，老头儿出门了，慢吞吞地沿着公路走到七公里外的镇上。老太太就在摇椅上等了一下午，时不时跑到门外，朝公路上张望。

真是一个漫长的下午。老太太只觉得分分秒秒都那么难熬。

直到黄昏时分，她终于听到了熟悉的脚步声。还没等开门，她就问道：

“怎么说？”

“我都打听过了——到处都去了——好像没人丢过狗。”

“那么她就是我们的了！”

老太太乐开了花。她看着这条高贵的狗，虽说依然瘦骨嶙峋，可在她眼里却是完美无缺的。

“她是我们的了，”她说道，“我们已经给过她主人一次机会。现在她是我们的了。”

“听着，黛丽，他们还是有可能路过这里，看见她的，所以不要……”

“她是我们的了。”老太太好像并没有听到丈夫的话。

她已经拿定主意，一定不能让狗的主人路过此地时发现这条狗。她会留神的。必须让狗永远待在屋里，待在她身边。她决不会让狗跑出去，让那个不知在哪儿的主人有一天路过时看见她！

第十八章　最高贵的礼物——自由

莱茜正趴在地毯上。她在这个新家住了三个星期，体力和感觉都已经恢复正常，肌肉也和以前一样强健了。

其他方面也都在恢复。当她病弱不堪时，它们都被忘却了。而如今，随着身体的康复，它们又一天天壮大并且迫切起来。

她内心那唯一的驱动力已经苏醒，搅得她不得安宁。

每到下午，那力量尤其强大。特别是当时钟指向四点，那简直要令莱茜发疯了。

那力量就是时间感。

时间到了——该去——该去找男孩了！

莱茜站起身，走到门边，呜咽着抬起头。

“听着，宝贝儿！”老太太开口了。

“我已经牵着你出

去好好散过步了！你用不着再出去。快回来好好歇着。”

可莱茜不听。她用鼻吻戳着门，又走到窗前，后腿站立，前爪抬起，扒住窗子。然后她放下前爪，返回门边，开始像牢笼中的困兽般来回踱步。她一遍又一遍地从门边踱到窗前，再一转身，又从窗前踱回门边。四只脚踏着小屋的石头地面，爪子扣出嗒嗒声，就跟老太太一上一下的编织针一样节奏鲜明。

一个小时就这样过去了，莱茜渐渐停止踱步，回到地毯上。那个时间过去了。她又安静地趴下来，眼睛一眨不眨地凝视着炉火。

动物服从老习惯，但也能形成新习惯。其实莱茜完全可以忘记过去，心满意足地待在这个新家。这对生活简朴的老夫妇对她倾注了全部的爱，而她对他们也非常顺从，一听见他们召唤便跑过去，任由他们抚摸。

但她这样做只是出于狗的容忍，因为她的主人不在这里——她的唯一的主人。

莱茜非但没有忘记，相反，随着身体康复，她的记忆越来越清晰，每天傍晚的踱步也越来越久，越来越焦躁。

老夫妇完全注意到了。老太太对这个新近闯入她生活的宝贝倍加呵护，莱茜的一举一动她当然全看在眼里。每天下午，莱茜都会在窗和门之间来回踱步，这当然不会被他们忽略。

老太太希望——甚至可以说是幻想——这条狗会忘掉外面的世界,心安理得地待在这个温馨朴素、与鸡鹅为伴的小天地。可她最终意识到这希望是不可能实现的,因为莱茜开始绝食。老太太明白了。

一天晚上,她默默地坐了很久,终于开口道:

"丹!"

"又怎么了?"

"她在这儿不高兴。"

"不高兴?谁啊?你在说什么?"

"你知道我在说什么。就是'自个儿'啊。她不高兴。她很烦恼。"

"唉,别瞎想了。你太在意那条狗了。每次'自个儿'动动眉毛,你就以为她生了虫子,得了瘟疫什么的。"

老太太转头看着"自个儿"——"自个儿"是他们给莱茜起的名字,摇摇头。

"才不是呢。我还没告诉你,丹,她已经三天没吃东西了。"

老头儿将眼镜推到额头上,仔细看着狗,然后转过身,看着老伴。

"好了好了,黛丽,没问题。你给她吃得太多了,就算把国王的饭菜端给她,她也不会看一眼了。就是这么回事。"

"不对,丹,我没有瞎想,你很清楚。要不然,你晚上睡觉前带她出去散步,为什么总是把她拴得紧紧的呢?"

“哎呀，那只是为了以防万一——等她习惯这儿了就不用了嘛。如果我不拴着，她就可能迷路，而且她对这一带不熟悉，会找不回来的，再说……”

“得了，丹，你知道这明明不是真话。你的想法跟我一样，如果不拴着她，她就会扔下我们跑了，再也不会回来。”

老头儿没有回答。老太太继续说道：

“丹，她就是不高兴。你没有看到——她每天下午总是从窗走到门，又从门走到窗，我觉得她都要把石头地面踩出沟来了……”

“好了，那不过是狗想出去散步罢了。”

“不是的，丹。我试过了。我牵着她出去过，她也不是不听话，相反，她非常乖。可是，丹，你知道我怎么想的？”

“你怎么想的？”

“怎么说呢，我想她好像是觉得对不起我们。我们对她好，她不想伤我们的心，所以迁就我们。好像她是出于礼貌才不走的，除非我们叫她走……”

“行了，狗才不会想那么多呢，它们又不是人……”

“不对，丹，‘自个儿’不一样。你不了解她，丹！”

“嗯？”

老太太的声音沉了下去。

“你看，我了解这条狗，我看出来了。”

“看出什么来了？”

“丹，她要到某个地方去。她在赶路呢。”

“得了，老伴儿，你瞧你都在胡思乱想些什么呀！”

“你怎么说都没关系，丹，可我清楚，我和‘自个儿’都很清楚，她是在赶路。她走得太累了，就在这儿停了一阵子，就好像这儿是医院，或者是人家说的那种路边客栈。现在她恢复过来了，就想继续上路了。可她很有礼貌，又懂我们的心思，所以不想伤害我们。不过她心底里是想走的。她在这儿不高兴。”

老头儿不再言语。他把烟斗里的烟灰倒在手心，一边注视着那条狗。终于，他说道：

“嗯，好吧，黛丽，好吧。”

在这世界上，有些人心里装满丑恶的恐惧，他们看见从身边经过的动物，焦渴的唇上沾着一星唾沫，就会吓得乱跑，嘴里叫嚷着“疯狗”；也有些人将经过的每一个生物都视作仇敌，朝它们扔石头，驱赶它们。不过，还有些人却满怀爱心和同情，以尊重和敬意来建立与狗的关系，对于他们，狗必然是心怀感激的。

这对老夫妇就是这样的人。第二天下午，他们坐在小屋里看着这条狗。快到四点的时候，他们见莱茜又站了起来。

莱茜走到门边呜咽了几声，然后转身踱到窗前。夫妇俩不由叹了口气。

“好吧。”老头儿说。

只能这样了。两人都站了起来。老太太打开家门。夫妇俩肩并肩跟着莱茜出了门，走到公路边。

狗站住了，仿佛还没有意识到自己强烈的渴望终于能够得到满足。她站了好一会，又回头看看曾经摸过她、喂过她的老太太。

这会儿，老太太心里真想把狗叫回去，再一次尝试让她忘记过去。但她是个诚实的人。她抬起头，苍老的声音一字一句地说：

“没关系，宝贝儿，你要走，就走吧。”

莱茜听懂了这句话里的那个“走”字。这正是她的打算。

她转过身去，又回头看看夫妇俩，仿佛在告别，然后便又开始跑起来——不是沿着公路向东或向西，而是径直跃入田野。她又踏上了南行的旅程。

她开始小跑，就如她勇敢地穿越苏格兰高地时一样，步子不徐不疾，能够稳健地一口气跑上好几公里、好几个小时。她就这么穿越田野，翻过一堵墙，跑下山坡。

老太太站在路边，咬紧牙关，挥手说道：

“再见，‘自个儿’，再见了，一路顺风。”

狗已经不见踪影，她却依然站在那儿，最后她丈夫伸出胳膊搂住她。

“这儿太冷了，黛丽，”他说，“我们还是进去吧。”

他们回到小屋，回到日常生活中。老太太做了简单的晚餐，点起灯，两人在桌边坐下。

可谁也吃不下东西。

终于，老头儿抬起头，关心地说：

“黛丽，今天夜里我在窗台上留盏灯。说不定，她只是想跑上一大圈。要是她想回来……”

可他知道那狗是不会回来的，这么说只是想让妻子好受一些。但他很快就住了口，因为他抬起头，却看见妻子正垂着脑袋落泪。他立刻站起来。

“好了，黛丽，”他说道，“好了，好了。”

他伸手搂着她，安慰地拍拍她。

“哎，别难过了，黛丽。你瞧，我已经存了好几个先令，改天再卖掉一些鸡蛋，就去市场上给你买条狗，好不好？我知道哪儿有卖狗的。买条小狗来陪着你，不会跑掉的。‘自个儿’太大了，大狗吃得太多，不如买条小狗……”

老太太抬起头看着丈夫。她真想跟所有失掉爱犬的人一样高喊：“我不要别的狗！”

可是，考虑到丈夫的心情，她并没有那样喊出口。

“是啊，丹，养大狗太费钱了。”

“没错，但如果是小狗，或者也可以养只小猫，那就花不了多少钱……”

“好啊，丹，小猫，你就给我买只小猫吧。”

“嗯，买只小猫来，整天靠在壁炉边陪着你。就这么着！我去买一只谁见了都喜欢的小猫，好不好？”

老太太看着丈夫。

“唉，丹，你对我真好。”

她抹去眼泪，露出微笑。

“当然啦，我的心情跟你是一样的。瞧，茶点都凉了。”他说。

“唉，我吃不下啊。”

“那就喝杯热茶吧。”

“好吧，”她答道，“喝杯热茶，心情会好些的。”

“没错。等到星期六，我们就会有一只漂亮的小猫咪了。是不是很好？”

老太太努力微笑着，答道：

“嗯，是很好。”

第十九章　与洛利为伴

洛利·帕尔玛刮完胡子，将他那把老式折叠剃刀擦擦干净。

他是一个小个子男人，整天乐呵呵的，一张红脸膛上好像长满扣子似的：眼睛像扣子，饱经风霜的嘴像扣子，就连额头、下巴上那些奇怪的鼓包、瘊子也都像扣子一般。

扣子还蔓延到了他的衣服上。身上那件羊毛针织衬衫，能钉上扣子的地方全钉上了珍珠贝扣子。衬衫外面那件稀奇古怪的灯芯绒外套，拼着皮袖子，也布满数不清的黄铜扣子，若是凑近仔细看，就会发现那些都是皇家陆军制服上的一次性纽扣。

在英格兰北部，许多人都认得洛利的身形样貌，因为他是个走村串巷卖陶器的小贩。他赶着一辆马拉的大篷车，沿着大路慢悠悠地走，这马车既是他的住处，也是他存货的仓库。每当他来到一座村镇，便会拿出一根粗棍子，敲起一只硕大无比的棕黄釉陶碗，那声音就如醇厚的大钟一般。

然后洛利提高嗓门，吆喝起来：

“卖陶器的帕尔玛来啦！锅碗瓢盆有的是！要买的带上铜板，没钱的别想来拿！锅碗瓢盆，快来瞧啊！”

他就喜欢这样大张旗鼓、热热闹闹地踏进北部的小城镇，得意扬扬、叮叮当当把陶碗敲打一番。这样做有两个目的——一是让所有人知道他来了；二是显示他卖的陶器有多结实，这么用力敲打都不会碎。

他一年巡游一回，等存货不足了，就回到老家。他哥哥马克就在老家村子里制作老式陶器。马克坐在一个宽敞的棚子里转着转轮，抬眼看见弟弟回来，就点点头。洛利来补货，其中最小的陶器，给小孩喝粥正合适；而最大的呢，直径将近一米，英格兰北部的主妇们最喜欢用来和面，还常常拿来给婴儿洗澡。

这些陶器闪着质朴的棕黄色光泽，洛利把它们装上马车，便再次出发。“好啦，我上路了。”他说。

马克抬眼看看他，点点头，继续干起活来。

洛利的旅程又开始了。他白天赶路，晚上就把他的马贝斯牵到路边适合的地方扎营。

这样的生活愉快而惬意。洛利已将大篷车变成了一个完整的家。很难想象，如此狭小的空间经过一番紧凑的安排，竟能容纳下如此齐备的生活用品。顾客常常要求洛利展示他的生活空间。每当此时，即便是最能干的主妇，也会为一尘不染的车厢而惊叹。

一切物品都有专门的空间安放。无论是剃刀——这会儿洛利正在收剃刀呢——还是洗脸盆，都有特定的地方存放，还有用来挂毛巾的小架子。

现在，洛利已经收好床铺，吃完早饭，放妥杯盘，给贝斯套上马具，在车底下挂起燕麦兜子。一切准备停当，洛利爬上座位。

“唷嚯，贝斯，驾！”他高喊道。

等上了公路，洛利便从座位上跳下来，与马车并行。贝斯拉的东西已经够多了，不用再让它负担他的分量。再说他喜欢步行，除非是天气太糟到无法步行。

而现在天气不错，地面上还浮着薄薄的一层晨雾。洛利边走边唱道：

“哦，父亲，父亲，请把我埋葬，
用你种花的铁锹来把我埋葬，
再放一只爱情鸟在我坟头上，
让他们知道我是为爱把命丧。”

这是一首悲伤的歌曲，但洛利并不在意。事实上，他从没有注意到歌词的含义。他唱歌只是为了排解在村镇之间奔波的寂寞。旅途中与他为伴的只有贝斯和嘟嘟。嘟嘟是一条白色小狗，此时就坐在马车上。用洛利的话来说，她是独一无二的。她也许是贵宾犬或猎狐犬，又或许是博美犬或斯凯犬——而其实她是所有这些狗的杂交种。

嘟嘟几乎和洛利一样有名。她能用后腿站在倒扣的碗上，同时鼻子上顶起一只小碗；她会站在木球上边走边滚，保持平衡；她会从地上捡起硬币交给洛利；她还会跳跃钻环。

每当洛利到达一个比较大的村子，就会让嘟嘟来演上一场。不是为了像那些走江湖的一样挣几个小钱，而是因为他喜欢把孩子们聚集到身边，博得他们的欢声笑语。

而在村镇之间的公路上，嘟嘟总是像现在这样安静地坐在车夫位子上看着路，洛利则唱着哀伤的曲调，叹息着乡村少女的不幸。

不过，他的心思并没有放在那歌词上，与往常一样，他全副精神都在留意着周围的世界。常年在外行走，洛利对这世界了如指掌。他知道喜鹊在哪里筑窝，燕子何时离开又何时归来。即使是野外的猎手，眼力也不如洛利敏锐，只要瞥见红光一闪，洛利就知道有狐狸经过。

这天早晨，当他敏锐而犀利的目光扫过田野的时候，他突然停止了歌唱。

他跟上前行的马车，登上车辕旁的踏板，身体抵住马车前端，极目眺望。原来是一条狗，正迈着稳健的步伐穿过田野，向公路这边走来。

她一步不停地前进着，仿佛把这马车也当作自然界的一部分，就像是一棵树或是一只鹿。洛利明白这一点，于是躲藏起来，不让狗发现。他心下暗道：

“呃，你这是要上哪儿呢？”

狗越走越近，在野地里一个没有围栏的空隙处，跳上了公路，恰好马车也同时经过。

“喂，你这是要上哪儿呢？”洛利高喊道。

狗抬头一看，立刻返身跃过沟渠，回到野地里。

“呃，不喜欢跟我做伴？”洛利说。

他跳下踏板，继续步行，眼睛却一直盯着那条狗。现在她正走在马车的左前方，两者路线几乎平行。但她很快被一条小河拦住了去路，只得折回公路，以便从桥上过河。

洛利爬进马车，不一会儿便握着几片肝脏出来了。嘟嘟扬起鼻子，她那条毫无特色的尾巴也跟着摇了起来。

“宝贝儿，这可不是给你的。”洛利说。

他紧盯着那条狗，估摸着让马车跟她同时过桥。

“好，我们这次就假装没看见你。”他大声说。

他又开始起劲地唱起歌来：

“我的老父亲，曾对我叮咛，

有几句忠告，我要让你知道，

你头脑太蠢，人又太单纯……”

唱着唱着，他对马说道：

“往右，贝斯，留神别跑到沟里去了。往右点儿！这就对了！”

然后继续高唱：

“脑袋里装那么多，

理智却没有丁点儿。

只有一次算你聪明……”

洛利就这么一边唱，一边控制着马车的速度，这样马车过桥的时候，狗恰好也靠近了。他继续响亮地唱着歌，假装没有注意到狗。狗却停下来，仿佛在等马车先过桥。洛利头也不回，只是悄悄挥动手中的肝脏，让气味飘散出去，然后仿佛是漫不经心似的，掉了一片下来。马车过桥了。洛利微微偏着脑袋，观察狗的反应。

莱茜跟在马车后面上了桥，慢慢向地上那块肝脏走去。香味飘散，饥肠辘辘，唾液腺被催动起来，莱茜嘴里不由得湿润起来。她走到跟前，低头伸出鼻子去嗅那食物。

不过，她毕竟经过多年的训练。山姆·卡拉克劳夫曾严格训练她绝不触碰陌生食物。他在肉片里掺上红辣椒子，扔在各处。小莱茜一吃到这些肉，立刻感觉吞了火球一般，更糟的是，嘴里辣得难受，还要被主人训斥。

“这的确很残忍，”山姆·卡拉克劳夫对儿子乔伊说，“但我只知道这个办法——不过，我宁可让小狗崽尝尝辣椒的滋味，总比养大之后被不怀好意的人毒死强。”

这个教训莱茜始终没有忘记。

狗绝不能随便吃扔在地上的食物！

但饥饿感毕竟比训练更为根深蒂固。她抽动着鼻子，轻轻碰着那肝脏。突然，她打定主意，掉头过桥去了。

洛利·帕尔玛走在前面马车旁，点了点头。

“是条好狗，训练有素，”他自言自语道，“好样的，不过我们走着瞧……”

他边走边唱，继续挥动手里的肝脏，留下一大片对狗来说诱惑难挡的浓郁香气。

现在莱茜就在这食物的香气中前行。过了桥，她本该离开公路，进入田野，但她不愿意离开这香气，便继续小跑了一会儿，然后才越过沟渠，与公路上的马车保持同一方向，但稍稍落在后面。

洛利·帕尔玛对着马车上的嘟嘟，兴高采烈地唱了起来：

“有条狗儿害羞又机灵，
但我看她会慢慢靠近。
啊，就算她再怎么机灵，
我们会让她不再担心。”

“挺押韵的，是不是，嘟嘟？你想要个伴儿吧。我们走着瞧。”

洛利·帕尔玛就这样沿着公路往前走，时不时扭头看看身后，见那条柯利犬还在田野上跟随。有时她会消失一会儿，但总是会再次出现，紧紧跟着食物的香气。而每次返回，她都会离马车更近一些。不过洛利总好像丝毫没有察觉她的存在似的。

他们就这样在荒无人烟的平原上走了一上午。当太阳高高升上头顶，洛利·帕尔玛将马车停到路边，只见身后那条狗也停下不走了。

“该吃饭喽，嘟嘟。”他说。

他麻利地支起炉子，生起火，烧开水，泡好茶，热了一锅炖菜，最后切了一点肝脏放在碗里给嘟嘟，自己也一起吃了起来。他始终留意着柯利犬，见她一步步挨上来。他故意一边夸张地往小狗嘴里喂食，一边瞧着柯利犬在六七米外坐下，紧盯着他手上的每一个动作。嘟嘟朝她凶巴巴地吠了一两声，立刻被洛利制止了。

等吃完饭，他站起身。

“好啦，”他说，“我们还是有两下子的，对不对，嘟嘟？现在来瞧瞧你到底吃还是不吃。”

他从马车上取下一只浅底碗，放上几片肝脏，往柯利犬的方向走了三四米，把碗放下。他的动作漫不经心，就像是多年来的老习惯，每天如此似的。

“这是你的，”他说，“吃吧。”

莱茜瞧着他回到炉子边，又像是忘了她的存在似的。她站起身，慢慢朝那碗走去。

狗绝不能随便吃扔在地上的食物！

但这次不同。这不是随便扔在地上的，而是放在碗里的。没错，是放在碗里的。人把碗或盘子放在那儿，那么狗就能大胆地去吃，里面不会有火球。

莱茜轻轻低下头，用门牙叼起一片肝脏，猛然向上一甩。品尝到食物带来的快乐，她立刻兴奋地吃起来，把碗里的东西一扫而光，又把碗舔得干干净净，然后坐下，看着那个人，仿佛在说：

“这点东西开胃还不错。现在该上正餐了吧？”

洛利摇摇头，大声说道：

“不行啊，你如果还想要，就跟我走吧。我不是说了吗，我们对狗还是有两下子的，对不对，嘟嘟？就那么放在地上，是不行的！有人把你训练得太好了，我的朋友。可是放在碗里，就对了——这就是诀窍。现在,起来吧,我们上路了!”

他取下贝斯的饲料袋,收起炉子,小心地把火踩灭,将所有东西都存放妥当。他一边忙活着,一边用眼角的余光看着那条柯利犬,见她还坐在那里,仿佛在等着看会不会有一顿大餐奇迹般地再次出现。最后洛利上路了,嘴里还高高兴兴地嘟哝着,因为现在柯利犬跟他一起走了,她没有回到田野上,而是跟在马车后面。虽然不是跟得非常紧,但洛利并不介意。他相信她很快就会跑上来的。

他又开始快乐地唱起来了:

“他们要把我绞死啊,
嘿,他们要把我绞死,
他们把我从床上拖走啊,
嘿,拖到绞刑架上,
哎呀呀,我要被绞死啦
——该死的就在你眼前!”

好几天过去了,莱茜依然跟着洛利·帕尔玛。她沿着公路边小跑,总是与马车保持几米的距离。洛利想让她挨着后车轴跑,就像有双轮马车、四轮马车的年代里训练有素的大麦町狗一样,但是莱茜并没有靠上来。

她讨厌洛利进入村子之后总要敲打吆喝一番，但还是强忍住了不满，好像知道那不会持续太久。只要洛利往南走，她就满足了。有一次，他们来到一个岔路口，洛利驾车向东，不一会儿，他就感觉少了一个动物伙伴，扭头一看，果然莱茜还坐在那个岔路口呢。

洛利喊她上去，她刚上前几步，却马上又转了一圈，退回原地坐下。

最后洛利只得举手投降。他爬上马车，拉着贝斯拨转方向，选择了另一条向南的岔路。

“咳，走高德塞跟走曼利普也差不多。”他乐呵呵地说。

但过了一会儿，他就悄悄对嘟嘟说：

“你瞧见了吧，一个男人被夹在几个女人中间有多辛苦。你，贝斯，还有女王陛下，我一个男的要对付你们三个，还有希望吗？贝斯要往北走，因为家在北边。女王陛下要往南走，显然是要去她那个啥地方过冬。而你呢，唉，你是只要跟我在一起就高兴。所以说啊，嘟嘟，只有你才是真心爱我的！”

那小狗听着，一边摇了摇她那条既不弯也不直、既不细长也不蓬松的尾巴。

这样的生活多么惬意，走在英格兰北部人烟稀少的小道上，不必忍受主干道上令人厌恶的卡车、货车和汽车的喧扰。洛利不由得一路高歌。

“我说，陛下，能否允许我等小民做一些庸俗之事？”

洛利对车后的莱茜说。莱茜只是走着，没有任何听到他说话的表示。

“我知道，陛下，”洛利谦卑地说，“我要提起钱啊之类的东西，必然污损您高贵的耳朵，可是我们小百姓得讨生活呀。如果您开恩——但愿您开恩——我和嘟嘟得去挣点小钱了。”

洛利兴致勃勃地演着独角戏。他抬起帽子，朝莱茜深深一鞠躬，转身走到马车边，搬下那只硕大无朋的碗和那根粗棍子。来到第一户人家门前时，他开始用力敲击起来。

钟鸣般的声音在村里回荡，洛利高声吆喝着：

“锅碗瓢盆有的是！要买的带上铜板，没钱的别想来拿！锅碗瓢盆，快来瞧啊！”

主妇们拥出家门。洛利一一招呼着，在村子中央停下马车。主妇们聚拢过来，指指点点，摆弄起那些陶器，一边说说笑笑，讨价还价。

“来看我这些货啊，都结实得很，根本打不碎！”他一遍遍地吆喝着。

“去年我在你这儿买的那个就碎了！”一个女人嚷道。

“哎呀，总得让它们有朝一日碎了嘛，”洛利眼睛滴溜溜，答道，“要是我真把它们做得永远打不碎，你就永远不会买新的，那我就

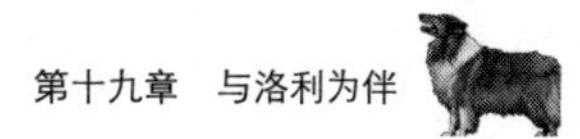

没饭吃喽。”

说着，他眨眨眼睛。女人们尖声大笑，互相推搡着，说道：

“哟，真有他的，这个卖陶器的帕尔玛！”

等买卖成交，洛利又高声说道：“好啦，现在有没有人想看小狗耍把戏啊？”

孩子们叫嚷着鼓起掌来。洛利从马车上搬下道具摆放好。嘟嘟灵巧地跳下座位，坐在地上。洛利拍拍手，可嘟嘟没有理睬，依然坐在原地。

“怎么回事？”洛利自言自语道，“你在等人吗？哦，我明白了。女王陛下还没有驾临，御前演出怎么能开始呢？喂，你瞧，陛下驾到！”

莱茜已经得到了洛利的精心训练。她雍容地踱到人群面前坐下。洛利奖给她一片肝脏，然后伶俐地说道：

“好啦，陛下终于来了，我们可以开始了。”

洛利一挥手，嘟嘟便兴奋地吠了几声，开始那一整套表演。她先是跳跃钻环，接着用吠声报出自己几岁，又装死，然后从人群里选出一个最漂亮的小姑娘——这一切都是在洛利的暗中指挥下完成的。最后，嘟嘟拿出绝活，跳到木球上边走边滚，嘴里还叼着一面国旗。

“那条柯利犬什么都不演吗？”一个孩子喊道。

“我说，你以为陛下会参加表演？”洛利答道，“不过，她的确像是在静坐罢工似的。”

洛利抱着嘟嘟，走到莱茜面前。

“你能干点活吗？”他问道。

莱茜不动，连眼睛都没眨一下。

“大明星演完了，你就不能收拾一下东西？”

莱茜依然坐着不动。

“快收拾东西！”洛利吼道。

莱茜还是不动，孩子们开心地尖叫起来。洛利假装不高兴地抓抓头皮，然后眼睛一亮，朝孩子们举起一根手指，又转身看着莱茜。

“女王陛下，能不能请您帮我一个忙？请您帮我收拾一下东西，可以吗？”

说着，他一挥手——这时候，语言是不起作用的——莱茜便高傲地站了起来。她伸出修长的鼻吻，将木球推到马车边，又将铁环一个一个拾起，堆在车门前。洛利朝她一鞠躬，莱茜就伸出前腿，欠一欠身，做了一个狗睡醒后伸懒腰的动作。

“你们瞧，”洛利对孩子们说，“千万别忘了说‘请’，这样你才能得到更多想要的东西。好啦，我们要出发了。可别忘记卖陶器的帕尔玛。我明年还会再来的。再见！”

村人们挥手相送，马车又上路了。洛利乐滋滋地唱着歌，嘟嘟惬意地蜷缩在前座上，贝斯慢悠悠地跑着，莱茜则漫不经心地跟在车后。她很高兴能继续上路。她不喜欢在那些村子里停留，也不喜欢客串表演。她和嘟嘟不同，嘟嘟喜欢要把戏，甚至迫不及待地要露一手。她是天生的杂耍狗，莱茜却不是。

洛利·帕尔玛对此心知肚明。他看看半睡半醒的嘟嘟。

“我说，她是一条有来历的良种狗，可她永远也不会跟你一样聪明，对不对，小宝贝儿？”

嘟嘟扭扭身子，算是在摇尾巴了。

洛利吃完晚餐，收拾停当，又准备驱车上路了。

“我知道，你不想再赶了，”他对贝斯说，“不过这段路很长，我们还得再走上一阵子。现在天气还不错。”

洛利抬头看看天，天上月光皎洁，但空气中透着些许寒意。

“我看天气就要变坏了——再过些时候，冬天就要来了——我们得往家赶了。所以今天晚上我们还要再开点马力，多赶些路。”

他将车拉上公路，很快，坚硬的路面上又响起了贝斯嘚嘚嘚的蹄声。嘟嘟趴在前座上睡熟了。莱茜跟在车后小跑着，她很高兴能重新上路。

洛利暗暗盘算着。再过四个钟头，要不了十点钟，他就能在阿普敦树林旁舒舒服服地宿营了。那时天气会冷下来，他要生起炉子，烧杯热茶，暖暖身子，然后就上床睡觉。等明天一早太阳升起，他们又可以继续赶路了。

第二十章　再见，勇敢的旅伴

月光下，两个男人沿着树影重重的公路悄悄走来。

“我说，尼克，你要是不愿意这么干，那你一定自己有主意！”

说话的是一个魁梧的男人，肩膀宽阔，身穿绒布夹克，头上的鸭舌帽压得低低的，只露出棱角分明的下巴。他的同伴个子矮小些，瘦脸庞，长鼻子，亮晶晶的鼻尖下垂着什么，怎么吸都吸不干净。

“你真让我受够了，尼克，老是在抱怨。我让你做我搭档，让你跟我走，让你好好赚了一票，我图个什么？你就知道抱怨，没完没了地抱怨。又是累了呀，又是脚疼了呀，又是冷了呀！唉，你真是……”

“嘿，巴卡！快瞧那儿！”

高个子收住了愤愤不平的絮叨，朝着同伴指的方向望过去。只见重重树影中透出一点温暖的火

光。巴卡用手背慢慢抹一抹嘴，四下里瞅了瞅。路边有一截粗树枝。他拔出刀子，用力劈下去，削了削树枝粗糙的两端，直到感觉平整了，便端在手里掂了掂。他见尼克也同样削好了一根粗木棒。

不需要交换意见。巴卡只是摆一摆头，两人便一道无声无息地沿着公路摸了过去。五分钟之后，他们已经埋伏在一蓬灌木丛中，木头燃烧的气味直扑到他们脸上。

“卖陶器的帕尔玛，”尼克小声念着马车上的牌子，“原来是个跑江湖的小贩。”

“小贩，”巴卡压低声音说，“这么说来，他身边一定有货。”

“那是当然，巴卡，肯定带着呢。”

“那就来吧！”

巴卡站起身，偷偷挨上去。可还没迈出十步，突然响起一阵低沉而凶恶的狗吠，撕破了夜的宁静。

“他有狗。”尼克倒抽一口气。

“怕他不成？”巴卡答道。

没必要躲躲藏藏了，他大摇大摆地迈开步，朝着炉火走过去。

“管好你的狗，伙计。没事儿，我们什么也不干。”巴卡嚷道。

他走到炉火前，莱茜嗥叫起来。他对她挥挥棍子，莱茜躲开了。洛利想去抓她，她也往旁边一闪，在炉火边站住，低声吼着。这时，嘟嘟也跟着尖声吠起来。

“安静，”洛利说道，“你们俩都别吵了。”

两条狗收低了声音。巴卡嘿嘿一笑。他听见尼克已经跟上来，就站在他身后。

“这样不错，伙计，”巴卡用轻松友好的口吻说道，“你在干吗？喝茶么？太好了，能不能请两个没家没工作的人也喝上一两口暖暖身子呢？”

他笑嘻嘻地越逼越近。

洛利从一根木头上站起身。他才不相信巴卡的鬼话。他孤身在外走了那么多年，对于在荒郊野外遇到的人，不可能看不出些底细。

“不准动！”巴卡喝道。

见洛利想往马车那边靠，巴卡猛然上去拦住。他一边微笑着，一边掂着手里的木棍。现在完全不必再遮遮掩掩了。

“说吧，钱在哪儿？”他哄劝道，“只要你乖乖把钱交出来，不给我们惹麻烦，我们就不会伤害你。对不对啊，尼克？”

“没错，我们不会伤害他。”

“当然不会啦。不过——如果你给我们惹麻烦，那可就对不起了，我们只好让你开开眼界。快说！钱在哪儿？”

“那你们就来拿吧！”

洛利话音未落，人已经纵身跳到马车边，抓起了做买卖用的那根粗棍子，脊背紧贴马车站稳。他往手心里啐了一口，一言不发，也没有必要再说什么了。

“看来你是要自找麻烦喽？”巴卡低声说道，“那好。”

他挥动家伙猛扑过来。洛利一闪身，顺势反手回击，正打中大汉的手指关节。巴卡怒吼道：

“尼克，快上！别傻站着——从另一边包抄！你个胆小鬼！”

两人一齐冲上来，洛利背靠马车，试图将他们挡开，但头上肩上还是重重地挨了好几下。他有些坚持不住了。

绝望中，他看了一眼在炉火边低吼的莱茜。

“快，去咬他们。”他喊道。

莱茜左右跑了几步，突然朝那大汉冲去。大汉转回身，手里的木棒向莱茜砸去，正落到她肩上，险些将她掀翻。两个歹徒瞬间住了手，同时向莱茜逼近。莱茜站在那儿，眼睛盯着他们。

她心里正进行着激烈的斗争，终于其中一个念头占了上风。

眼前这两个人都有一双邪恶的手，会伤害她、让她痛苦，会抓住她、剥夺她的自由。应该躲开他们，就像以前遇到这种人时一样。狗应该赶紧跑开，不让他们发现。

这时，巴卡朝莱茜迈过去半步，举起了手中的木棒。

“走开！”他吼道，“不然就再给你一下。”

莱茜跑开了。她钻进灌木丛，然后爬上山坡，躲进了树林。

巴卡转回身看着洛利。

“真是条好狗！”他嚷道，“你瞧啊，伙计，就连你最好的朋友都抛弃你了。多好的一条狗啊！好啦，赶紧乖乖把钱交出来，这件事情就算过去了。”

洛利眼巴巴看着莱茜跑进树林，这才扭过脸来盯着面前的歹徒。他又往手心里啐了一口，做好迎敌的准备。

“那就来拿吧。”他倔强地说道。

歹徒小心翼翼地慢慢朝洛利逼近。火光中，只见他们谨慎地一步一步挨近，不过洛利也不是懦夫，而且他背靠马车，避免了有人从后面偷袭。洛利操着棍子，敏捷地躲闪、回击，小狗嘟嘟在一旁蹿来蹿去，忠心耿耿地试图保卫自己的主人。

不过这条小狗能做的实在少得可怜，看她小小一团白影，冲突吠叫，那样子几乎有些可笑。她郑重地冲上去，终于把小牙齿插进了大汉的脚踝。

巴卡大吃一惊，一脚把小狗蹬开。

“小畜牲！”他喝道。

小狗再次冲过来，巴卡举起大木棒，用尽全身力气打上去。弱小的躯体立刻没了气息，被甩进灌木丛。

洛利见此情景，怒火中烧。他咆哮着挥舞棍子，朝对手疯狂进攻，逼得他们节节败退，眼看就要把他们赶跑了。

不过歹徒只是一时后退，而洛利却在狂怒中犯下大错。他离

开了马车的掩护，这时已腹背受敌。巴卡刚才挨了洛利好几记重击，此刻已冲破对方的防线，一棍打在洛利肩头，迫使他跪倒。洛利高举木棍，手臂弯曲抱住头，试图重新站起来，却感觉背后又挨了一击。他转身揪住尼克不松手，用他来挡住巴卡的进攻，好争取些许喘息的机会。突然，他感觉左眼一热，原来热乎乎的鲜血淌了下来，看来脑袋已经被打开了。

莱茜在巴卡大棒的威胁下匆忙跑进灌木丛之后，立刻不假思索地往南跑去。

但是，与以往不同，当她朝着向往的方向前进时，内心并不平静。好像不知哪儿出了问题。

她停下脚步回头张望。透过树丛，依稀可见火光，也能清楚地听见男人叫喊、嘟嘟狂吠的声音。正是小狗的尖叫使莱茜前所未有的警醒，因为这是愤怒抵抗的狗才会发出的呼喊。

莱茜转了一圈，又悄悄穿过灌木丛返回，坐在土坡上。这时再也听不见嘟嘟的吠声了，只看见三个黑影摇来晃去，最后洛利被摁倒在地。

莱茜心中有两股力量在斗争——是该远离人类，还是该保卫家园。从某种意义上说，马车和炉火已经成了她的家。而保卫家园的力量是从她的祖先那里传递下来的，更为根深蒂固。至于前

者，她害怕人类也只是近几个月才有的事。刹那间，那古老的驱动力占了上风。

她从没有攻击过人类，也不属于凶猛的品种。可一旦拿定主意，她便不再犹豫、胆怯，胸口迸发出低沉的怒吼，颈毛乍起，猛然冲下山坡。

炉火前的男人只见一团毛茸茸的身影如闪电一般穿越火光，这才知道溜走的狗又回来了。莱茜飞身跃起，直扑巴卡前胸，将这大汉撞翻，随即退到火光外，转身穿过灌木丛，又从另一个方向冲过来。尼克依然被洛利死死扯住，莱茜从他们身边跑过，将牙齿狠狠插入尼克的腿。

巨大的冲击力使尼克皮开肉绽，惨叫声划破了夜的宁静。

莱茜再次面对巴卡。

“哼，你回来了。”巴卡喃喃道。

他认定莱茜还会像刚才一样逃跑，便挥舞木棒杀过去。莱茜闪躲开，又立刻跳上去，同时猛咬对手的腿；落地之后，又迅速返身，再次进攻。她采取柯利犬的招数，一次次跃起扑向对手，同时猛力撕咬，待落到灌木丛下后，再返身从另一个方向进攻。

洛利一边高喊着为莱茜加油，一边打起精神，重新开始痛击那两个蟊贼，打得两人围着炉火团团转。而无论他们朝哪个方向躲避洛利的进攻，那条三色柯利犬都会出其不意地从黑暗中蹿出来，用尖利的牙齿撕咬，然后不等他们回击，又再次消失了。

有时候他们感觉好像同时有两三条狗在对付他们，因为无论他们转到哪儿，都会有一条狗从不同的方向冲出来。

这样的策略令他们难以招架，在重重驱赶和打压之下，他们终于试图撤退了。尼克首先扔下同伙，从重伤他腿的幽灵手里惊慌失措地跑了。他慌不择路，一头撞进灌木丛，而他身后也传来另一阵哗啦啦的撞击声——原来是巴卡，没头没脑没方向地乱跑，一心只想着从攻击如箭、躲闪如风的对手那儿逃开。

尼克听见身后的黑暗中传出一声惨叫，然后是小贩的声音在说：

“好了，好了，放了他吧。倒不是说他不应该受到惩罚，只不过我也不希望你咬死他。放了他吧！”

尼克撒腿狂奔。他现在是无亲无故，孤身一人了。他不想再碰到巴卡，巴卡肯定会骂他在重要关头丢下朋友逃走，当然他更不想再遇到那个小贩和那条狗。

尼克相信，没伴儿跑得更快。他急匆匆朝西边逃走了。而炉火边，洛利·帕尔玛正蹲在那具弱小的白色躯体前。莱茜直直地站着，用鼻子碰碰嘟嘟的尸体。

洛利一动不动地蹲了许久，脑海中浮现出一幕幕昔日情景，回忆着这唯一的旅伴。

终于，他站起身，走到马车旁，取下一把铁锹，开始挖一个小小的坟墓。

瓢泼冷雨中，莱茜站在十字路口。她呜咽了一声，看着马车停了下来。洛利招呼她，她只是跺跺脚，并没有上前。最后洛利走回到她身边。

“过来，陛下。”他说。

莱茜听懂了第一个词，走到洛利身旁。洛利蹲在泥泞的公路上，轻轻抚摸着她。过了好一会儿，他站起身。

“看来你不打算跟我走了？”他问道。

莱茜昂起头，又跺跺脚，依然不愿跟从。

“好吧，”他说，“也许这样最好了。我很希望跟你做伴，但是货快卖完了，我得回去找马克，等过了冬天再出来。再说——你永远不会像嘟嘟那样跟我合得来——况且你也会让我想起她的。不过我不是说你不是一条好狗。”

莱茜听懂了最后两个字，摇摇尾巴，表示感谢。

“唉，你懂的真不少，是不是？请你原谅我——开始我还以为你是个胆小鬼，但你不是。看来你心里还藏着什么其他事情，我真想钻到你脑袋里去瞧瞧来着。”

柯利犬听到“来着”两个字，仿佛是在喊她名字，便吠了一声。

“唉，可惜啊，人的话，你能听懂一些，可你的话，人却没那么聪明，听不懂，而我们人却还以为世上就数自己最聪明呢！宝贝儿，我们毕竟也一起走了那么多路，处得也挺愉快的，是不是？现在——要分手的，终究是要分手。我要自个儿上路了。没有你，也没有嘟嘟了。不过我常说，人要是不喜欢自个儿待着，就别选择跑江湖，因为这都是必然的事儿。换个角度说吧，有时候我觉得啊，不是你跟着我一块儿走，而是我们恰好同路，所以你允许我跟着你一块儿走。不过现在——你得去办你自己的事情了。”

莱茜不懂洛利在说些什么。她只知道这个曾经喂过她、抚摸过她的人，此刻的口吻温和而亲切，便用鼻吻轻轻触了触他的手。

“你是在跟我告别吗？”他说，“那就祝你一路顺风。走吧！”

莱茜听懂了“走”这个字。

她来到十字路口，掉转身，却又回过头来。洛利朝她挥挥手。

“走吧，一路顺风！”他高声道。

他站立了许久，看着柯利犬渐渐跑远。午后的冷雨打着他黝黑的面庞。他慢慢摇摇头，仿佛在说，自己永远也不会明白这条狗的心思。

很快，狗消失在视野中。洛利默默回到马车旁，爬上车，对贝斯一声吆喝，向东进发。而在另一条岔路上，莱茜正蹒跚着向南方走去。雨水顺着她的长毛流淌下来，泥点飞溅到她腿上。

一个星期之后，洛利还驾着马车在公路上缓缓前进。他不再放声高歌，也没有步行在这座移动的家旁边，因为此刻正白雪纷飞。

洛利坐在马车前座，膝头扣着一块防水油布，一张满是“扣子”的脸低下来，抵挡着狂风飞雪，身子前半边已经一片雪白。他看见贝斯正在前面兴冲冲地奔跑，身体两侧冒着热烘烘的白气。

“没错，”洛利嚷道，“你知道我们就快到家了。回家真高兴啊，这一路太糟糕，除了雨雪，还是雨雪。现在雪又开始下大了。我在外头太久，活该受这份罪。”

洛利自言自语着，可突然他不吭声了。他想起了那条在十字路口离开他的狗。

“唉，是啊，”他又开口道，“我是快到家了。而你呢，我的朋友，不管你在寻找什么，希望你已经找到。希望你平安。不管你在哪儿，希望你这会儿正舒舒服服地待在温暖干爽的地方。有时候，我想我真该把你锁在车上带回家，可是我不忍心，因为嘟嘟没了，我再也不想养狗了。也许有一天我还会再养一条狗，可我现在不想。强盗来的时候，嘟嘟那么忠心，而你恐怕也是对别的什么人那么忠心吧。所以再见了，我希望你这会儿也快到家了。瞧啊，贝斯，我们到了！十二点到了。到家正好赶上跟马克喝茶。”

当贝斯兴冲冲地拉着马车回家过冬，在往南数十公里的地方，莱茜正艰难前行。

此刻她正在穿越一片广阔的高原，永不停歇的狂风挟着暴雪从背后涌来，吹得她身上湿透的毛绺从消瘦的两肋上飘起。

她觉得自己很难继续走下去了。雪越积越厚，在积雪中每一次抬腿、每一次迈步，都令她疲惫的肌肉越来越无法承受，终于踉跄着跌倒在地。她蜷起身子，咬着脚爪间结起的冰。不久，她又尝试着前进。可雪实在太厚，她就学马的样子，前腿抬起，后腿站立，然后朝前跃起，可没多久，又精疲力竭。

她垂下脑袋站了一会儿，吁吁地吐着白气，又扬头呜咽起来，茫茫白雪怎么会消失？她继续跌跌撞撞地跳跃着，试图从雪堆中间闯过去，但终于还是停下来，再也没有力气多走一步。

然后，她昂起头，对着天空长啸——这是一条迷惘的狗在严寒中的绝望哀号。这悠长高亢的呼喊穿越风雪，划过即将来临的黑夜，在广袤的原野上回荡。

雪埋葬了一切声响。这荒芜的平原上，方圆数十公里没有人烟。而即便百十米内有人经过，又如何知道他会听见这一声被风雪掩埋的呼号？

莱茜终于倒在地上。白雪轻柔地将她覆盖。她躺在雪毯下，只觉得疲惫而温暖。

第二十一章　旅程的终点

山姆·卡拉克劳夫之前告诉儿子乔伊说，从约克郡格里诺桥村到鲁德林公爵在苏格兰的庄园要走很远的路，这话一点儿没错。返回的路程也一样遥远，足足有六百多公里。

但这是人取道公路或铁路所走的直线路程。而对于动物来说，遇到障碍不得不绕道、寻路，时不时会走偏、走错，还常常为了找到正确的路而折返、迂回，那样的话，又得走上多远呢？

一千六百多公里——在从未涉足的陌生土地上行走一千六百多公里，其间仅仅依靠本能来识别方向。

是的，走这一千六百多公里，必须越过崇山深谷，跨过高地荒原，穿过田野小径，闯过沟壑江湖，渡过大河小溪；走这一千六百多公里，必须翻过悬崖和陡坡，经过雨雪、浓雾和烈日的考验，忍着脚底的疼痛，踏过铁丝、灌木、荆棘和岩石——谁会料到一条狗能战胜这一切？

如果真能实现，那几乎可以称得上奇迹了，而乔伊·卡拉克劳夫暗暗相信奇迹会出现，相信有朝一日他的狗会有如神助一般回到他面前，就跟以前那样等在学校门口。每天放学走出校门的时候，他总是不由自主地望一眼莱茜曾经等待他的地方，然而每天总是什么也看不到，他便冷着脸，一言不发地慢慢走回家，就像这村里的其他人一样。

每当放学的时候，乔伊总是告诉自己用不着失望，因为他的狗不可能出现了。一个星期，又一个星期，就这样时间慢慢过去，乔伊也开始不再相信奇迹的发生。希望太久没有实现，就容易破灭。

然而，人心中的希望会破灭，动物心中的希望却不会。只要一息尚存，希望和信念就不会消失。所以，当那天乔伊·卡拉克劳夫穿过操场的一刻，他简直无法相信自己的眼睛——他晃晃脑袋，眨眨眼睛，又握着拳头揉一揉眼皮，简直以为自己又在做白日梦了——在那边，从校门外几米远的地方，正朝着他走过来的是，他的狗！

他呆呆地站在那儿，因为狗走过来的样子实在吓人——仿佛行走已经成为一种折磨。她的脑袋和尾巴几乎快垂到人行道上，似乎每迈出一步都要先鼓起浑身力气才行。与其说她在走，不如说是在爬。但她依然在前进，一步接着一步，直到最后瘫倒在校门旁的那个老位置，再也动弹不得。

乔伊这才如梦方醒。即便真的是一场梦，他也必须做些什么。人在梦境里也不能放弃的。

他飞奔过操场，扑倒在莱茜面前，当他的手指触摸到她长毛的一瞬间，他意识到：这一切是真的。他的狗真的来等他了！

可是他的狗变成什么样子了呀？曾经是那么出色的一条三色柯利犬，长毛丰美闪亮，修长的黑脑袋高傲地扬起，两只耳朵俏皮地竖着，一双眼睛明亮而机警，一见到他便高兴地跃起，欢叫着迎接他。而眼前这条狗，精疲力竭地趴在地上，努力想抬起头，却虚弱得无能为力，想摇摇那条伤痕累累、粘满芒刺的尾巴，最后却只能微弱地发出一声喜悦的呜咽——因为她知道那个强烈的本能终于得到了满足。她已经来到心中向往的地方，实践了此生恪守的约定。而此刻，那双久违的熟悉的手正在抚摸她了。

伊恩·考珀和其他失业的矿工一起站在职业介绍所外面，等到喝茶的时间，他们就能各自回家了。

你一眼就能认出伊恩，因为即便是站在众多约克郡大汉中间，伊恩依然是其中最魁梧的一个。事实上，他号称是西约克郡最强壮的汉子。不过，这个大块头却脾气温和，反应和说话都非常慢。

因此，当其他人都已经意识到村里发生了什么大事，他常常要慢一拍才能注意到，比如此刻，他才发现，有个男孩正吃力地在大街上走几步跑几步，嘴里兴奋得嚷嚷着，怀里抱着一大团什么东西。

人们都激动地凑上去。男孩越跑越近，终于能听见他在喊：

“回来了！她回来了！”

人们面面相觑，都长舒一口气，又转头去看男孩怀里抱着的那团东西。没错，山姆·卡拉克劳夫家的柯利犬长途跋涉从苏格兰回来了。

“我得赶紧送她回家！”男孩说着，跌跌撞撞往前跑。

伊恩·考珀上前一步。

“交给我吧，”他说，“你先跑回家去，叫他们准备准备。”

他伸出强壮的胳膊，把狗接了过去——这样瘦弱的狗，就算有十条，他也能一下子抱起来。

“快跑啊，伊恩！”乔伊兴奋得手舞足蹈。

“我跟着呢，孩子。你先走。”

于是乔伊·卡拉克劳夫飞奔过街道，转进上坡的小道，跑过花园小径，一脚踏进小屋。

“爸爸！妈妈！”

“出什么事了，孩子？”

乔伊一下子愣住了。他不知道如何开口，心里激动得只觉得喉咙口热辣辣的被堵住了一般。过了好一会儿，他才说出来：

“是莱茜！她回来了！莱茜回来了！”

他打开门，伊恩·考珀低头跨过门槛，将狗放在壁炉前。

那天晚上的许多情景，乔伊·卡拉克劳夫将永远铭记。他忘不了父亲跪在一手养大的柯利犬身边伸手抚摸她的嶙峋瘦骨时的表情；也忘不了母亲在厨房忙碌，不再抱怨，不再责骂，而是默默地迅速捅旺炉火，将炼乳搅入热水，跪下来抬起莱茜的脑袋，掰开她的嘴。

父母都没有跟他说一句话。他们似乎忘记了他的存在，而只是专心致志地照顾莱茜，两人仿佛已置身于另一个世界。

乔伊看着父亲将一勺热牛奶送进莱茜的嘴里，可是她并没有咽下，牛奶流下来，滴在地毯上；他看着母亲将一条毯子烤热了裹在莱茜的身上；他看着父母一次又一次试图喂她，最后父亲站了起来。

“不行啊，孩子妈。”父亲说道。

两人一句话都没有说，而是用眼神完成了询问和回答。

“是肺炎，”父亲终于开口道，“她太虚弱了……”

夫妇俩呆呆站着，最后竟然是母亲打起精神，下了决心。

“我不会放弃！”她说，“我才不会放弃！”

她努了努嘴唇，仿佛一下子就拿定了主意。她走到壁炉架前，取下一个花瓶，翻过来摇了摇，几个铜板落在手心。她把铜板递给丈夫，什么也没有解释，也没有必要解释这些钱要用来做什么。然而她丈夫却盯着这几个铜板不动。

“快去吧，孩子爸，”她说，“这钱就是攒着应急的。”

“可我们还要……”

母亲往儿子身上瞥了瞥，乔伊意识到，这一个小时以来他们还是第一次注意到他。父亲也看了看儿子，再回头看看母亲手里的钱，最后看看那条狗，便猛地抓过钱，戴上帽子，急匆匆踏入夜色之中。没过多久，他提着一大包东西回来了——鸡蛋和一小瓶白兰地，在这个家里，这些都是难得的奢侈品了。

乔伊看着父母又一番的尝试努力却收效甚微。父亲一次次将勺子送进狗的嘴里，但还是徒劳。母亲气恼地呼了一口气，一把夺过勺子。她搂过莱茜的脑袋，放在自己膝头，掰开狗的嘴，将勺子送进去，然后反反复复抚摸着狗的喉咙，莱茜终于咽了下去。

“啊！”父亲忍不住胜利地长叹一声。

火光映着母亲的头发，金光闪闪。她跪在壁炉边，抱着莱茜的脑袋，温柔地抚摸着她的喉咙，轻声安慰她。

后来的情形乔伊记不太清了，只依稀记得夜深人静之后他是被抱上床去的。

第二天早上当他起来之后，发现父亲正坐在椅子上，母亲依然跪在地毯上，炉火还在暖洋洋地烧着。莱茜身上裹着毯子，安静地躺着。

“她——死了？”乔伊问。

母亲淡淡笑了笑。

“嘘，”她说，“只是睡着了。我该去准备早饭了——可我累坏了——真想喝杯浓茶……”

那天早上，竟然是父亲破天荒地准备早饭——烧水、沏茶、切面包。母亲则坐在摇椅里，等着一切收拾停当。

傍晚，乔伊放学回家，莱茜还是像早晨他出门上学时那样，躺在原地。他想坐下抱抱她，可他知道狗生病的时候最好不要去打扰。整个晚上，他就远远坐着看她，只见她四肢伸展，除了微弱的呼吸，仿佛没有任何生命的迹象。他不愿离开她去睡觉。

“她很快会好的，”母亲嚷道，“你赶紧去睡觉——她会好的。”

“妈妈，你肯定她会好吗？”

“你看不出来吗？她没有恶化，对不对？”

“可是你怎么能肯定她会好呢？”

母亲叹了口气。

“当然啦——我能肯定。你赶紧去睡觉。”

乔伊相信父母一定能行。他上床去了。

除了这一天，还有其他许多令乔伊难以忘记的时刻。比如有一天他回到家，走到壁炉前，看见躺着的莱茜动了一下，算是在摇尾巴。

还有一天，乔伊的母亲欣慰地如释重负，因为在她热牛奶的时候，莱茜动了动，然后摇摇晃晃地抬起身子等着。当牛奶碗放到面前之后，她便低下头舔了起来，消瘦的两肋不停地颤抖着。

而终于有一天，乔伊突然意识到，即便是现在，他的狗还是不能再次属于自己。家里再次响起争吵，母亲再次疲惫而刺耳地高声嚷道：

“家里怎么就不能太太平平的呢？”

乔伊上床以后过了很久，依然听见父母在说话。母亲的声音很清晰，时而提高，时而压低；父亲的声音很沉稳，一成不变，翻来覆去，始终只有一句话：

“可是就算他愿意卖回给我们，又叫我们上哪儿去弄到那么多钱？你知道我们没办法凑到钱。”

在山姆·卡拉克劳夫看来，过日子所遵循的道理很简单。一个男人，如果能找到工作，就应该尽力做到最好，拿到最高报酬；如果养狗，就应该尽力调教到最好；如果结婚生子，就应该尽力照顾好妻儿。

在这个失业矿工的心目中，对于生活及其准则，无论在何种情况下都决不应有欺骗和逃避。和大多数简单纯朴的人一样，他非常清楚地认识到，说谎、欺骗和偷窃都是不对的，不可能自欺欺人地将它们当成正确的。

因此，每当遇到问题，他就直截了当地用最基本的真理去检验对错。

“诚实就是诚实，从没有第二条路可以走。”他会这样说。

这就是他的思维。“实话就是实话”，或者说，“欺骗就是欺骗”。

而莱茜这件事也要用这个简单直接的准则来判断。他已经把狗卖了，拿到钱就花了，因此狗不再属于他，这是无论如何辩解都不能改变的事实。

但一个男人还必须与家人相处。当妻子开始与他争辩的时候……唉……

第二天，乔伊下楼来吃早饭。母亲噘着嘴端上燕麦粥，父亲清清嗓子，开始说话。这番话好像前一天夜里已在他脑子里演练了无数遍：

“乔伊，好孩子，我们——你妈妈和我——已经决定了，莱西可以在我们家一直住到她完全恢复。这没有问题，因为我相信没人能比我们更好地照料她。所以这么做是对的。不过，等她恢复之后……嗯……现在你能留她这一阵子，应该知足了。别来缠着我们，孩子，我们操心的事情已经够多了，所以别再啰嗦了。要像个男子汉那样，应该知足。”

在一个孩子听来，“一阵子”这个词有两种含义，可以意味着长长远远，一直延伸到看不到尽头的将来；也可以意味着只有短短几天，还没等明白过来就已经无情消失。

而到了这天早上，当乔伊走在上学路上，突然听见一声巨响，他就意识到，所谓“一阵子”正是那第二种含义。他循着声音转过身，只见路上停着一辆汽车，车上坐着一个凶巴巴的老头儿和一个小女孩。女孩戴着贝雷帽，一头亚麻色的长发，老头儿翘着白胡子，活像野兽的獠牙长错了形状。这时候，老头儿正恶狠狠地挥舞黑刺李手杖，冲着汽车、冲着司机、冲着全世界发火。他怒吼道：

“喂！喂！我说的就是你，小子！该死的！詹金斯，你就不能让这臭烘烘的玩意儿消停一会儿吗？吁！詹金斯！有点脑子的人都弄不明白，为什么我们不再骑马了！这国家真是要玩儿完了，就这么回事！喂！孩子！你过来！”

乔伊的第一个念头是快逃——怎么办都行，只要能让自己害怕看见的一切从眼前抹去，或许它们也就能从他心里抹去了。可汽车毕竟比他跑得快，更重要的是，他身上流淌着约克郡人的血液——也许可以说约克郡人反应迟缓，抱守成规，忍辱负重，但他们无论如何都不会逃跑。因此乔伊在人行道上立定，想起母亲教给他的礼仪，答道：

“什么事，先生？”

“你是那个——那个谁的儿子吧？”

乔伊的目光转向那女孩。好几个月前他把莱茜送到公爵家的时候曾经见过她。她的脸色不如他红润，有些苍白，抓着车门边缘的手很纤瘦，看得见青筋。乔伊心想，用他母亲的话说，她多吃点葡萄干布丁会好的。

女孩也正看着他。男孩不由得挺直腰板，一字一句地说：

“我父亲叫山姆·卡拉克劳夫。”

“我知道，我知道，”老头不耐烦地嚷道，“我从来不会把人的名字忘掉。从来不会！以前这村里的每个人我都认得。但现在你这样的年轻人——年轻的一代——太多了。天晓得，这些人全加在一起都比不上一个老人——完完全全比不上。现在这一代人啊……”

他突然停住了，因为身边的女孩儿拉了拉他的袖子。

“怎么了？嗯？哦，没错，我正要说呢。孩子，你父亲呢？他在家吗？”

“不在家，先生。”

“他去哪儿了？”

“去阿勒拜了，先生。”

“阿勒拜？去那儿干什么？”

“我想是有朋友介绍他到一个矿上，他去看看有没有工作机会。”

“哦，是的，是的，当然。他什么时候回来？”

“不知道，先生，我想大概要到吃茶点的时候吧。”

“说话别吞吞吐吐的！要到吃茶点的时候才回来。该死，真不巧——太不巧了！哦，我大概五点左右过来。你告诉他在家等着，我要见他。这件事非常重要。叫他等着。”

说完，汽车开走了。乔伊急忙往学校赶。他从来没有觉得一上午过得有这么慢。老师讲个没完没了，时间一分一秒地爬着。

乔伊只巴望一件事——赶快到中午。他仿佛觉得都已经过去了好几年，才终于等到那一刻。他飞奔回家，推门而入，照旧大声喊着妈妈。

“妈妈！妈妈！”

“天啊，别把门撞翻了。快关上——别人看见会以为你是在谷仓里长大的。出什么事了？”

“妈妈，他要来把莱茜带走了！”

“谁？”

“公爵……公爵来了……”

“公爵？他怎么知道莱茜已经……”

“我不知道，可他今天早上叫住我问话来着。他要在吃茶点的时候过来……”

“上这儿来？你肯定吗？”

“肯定的，他说他要在吃茶点的时候过来。哎呀，妈妈，求求你……”

“行了，乔伊。别说了！我警告你！”

“妈妈，听我说。求求你了！”

“你听见我的话了吗？我说……”

“不要，妈妈。求求你，帮帮我！”

母亲看着儿子，又是厌倦又是恼怒地叹了口气，绝望地一甩手。

“哎呀，天啊！家里怎么就不能太太平平的呢？不能太太平平了吗？”

她瘫倒在椅子上，眼睛盯着地板。男孩走到她跟前，碰碰她的胳膊。

“妈妈——想想办法吧，”男孩哀求道，“我们不能把她藏起来吗？他五点钟就要来了。他要我告诉爸爸，他五点钟过来。哎呀，妈妈……”

“不行，乔伊。你爸爸是不肯……”

“你就不能求求他吗？求你了，妈妈！你就求求爸爸……”

“乔伊！”母亲气恼地喝了一声，但语调又立刻和缓下来，“听着，乔伊，没有用的。别再啰嗦了。你爸爸是不会撒谎的。这一点我支持他。不管是好事还是坏事，他都不会撒谎。”

“就这一次嘛，妈妈！”

母亲难过地摇摇头，走到壁炉边坐下，失神地凝望着炉火，仿佛能在那里找到安宁。儿子又走到跟前，碰碰她露在袖子外面的胳膊。

“妈妈，你就求求他吧，就这一次。就说一个谎不会伤害他的。我会报答的，真的，我会报答的！”

他开始滔滔不绝地说了起来。

“我会报答你们俩的。等我长大了，就去工作，挣钱养家。我会给他买好多东西，也会给你买好多东西。你们要什么，我就给你们买什么，只要你们这一次把莱茜留下，求求你们这一次……”

说到这里，忍受了这么多痛苦的乔伊·卡拉克劳夫终于恢复了孩子的脾性，他再也无法坚强下去，泣不成声。母亲听见他抽咽起来，便拍拍他的手，却并没有看他。她仿佛从神奇的火焰中领悟了深邃的智慧，慢悠悠地说道：

“乔伊，你千万不能这样，”她的声音非常温柔，“你千万不能这么想。你不能对任何东西抱着这样强烈的渴望，像你这样想要莱茜，是不行的。”

她感到儿子的手不安地颤抖起来，他提高声音说道：

“你不明白，妈妈。你不明白。不是我想要她，而是她想要我们——非常非常想要我们，所以才会走这么远的路回来。她想要回到我们这儿，非常非常想要回来。”

这时，母亲终于将眼睛转向儿子，见他哭歪了脸，泪水从脸颊上滚落。看着他这么孩子气的样子，她却感觉他突然长大了。卡拉克劳夫太太仿佛觉得时间一下子过去了很久，仿佛她是多年来第一次这么仔细地看着这个孩子，看着她自己的儿子。

她凝视着乔伊，然后握起双手，抿紧嘴唇，站起身来。

“乔伊，来吃饭吧，然后就去上学。别担心。我去跟你爸爸说。”

她抬起头，声音变得愈发坚定。

“是的，我会跟他说的。我要跟塞缪尔[①]·卡拉克劳夫先生好好谈谈！”

下午五点，一辆汽车在卡拉克劳夫家院子门前停下，坏脾气的鲁德林公爵怒气冲冲地下了车。一个男孩笔直地站在院门后，双脚分开，仿佛有意挡住公爵去路似的。

“喂，孩子！你跟他说了吗？”

“走开，”男孩没好气地说，“走开！您的狗不在这儿。”

鲁德林公爵生平头一次往后退了一步，惊奇地瞪着这孩子。

“真可恶！”他低声道，“普丽西拉，这孩子疯了。他真是——疯了！”

“您的狗不在这儿。快走开！”男孩倔强地说道。仿佛是为了

① 塞缪尔是山姆的全称。

表明决心似的,他用上了自己最浓重的口音。

“他在说什么?”普丽西拉问。

“他说我的狗不在这儿。可恶,你聋了吗,普丽西拉?耳朵聋的应该是我,我却听得一清二楚。喂,孩子,我的哪条狗不在这儿?”

公爵回答乔伊的时候,也用上了最浓重的约克郡口音。他总是这样跟村民说话,这个习惯曾遭到他家族里许多人的强烈反对。

“说呀,回答我,孩子。我的哪条狗不在这儿?”

他一边说,一边恶狠狠地挥舞手杖,往前逼近。乔伊·卡拉克劳夫退后几步,却依然挡在门口。

“您所有的狗都不在!”他强硬地嚷道。

公爵继续往前逼近。乔伊急了,开始滔滔不绝地说起来:

“我们没有留着她。她不在这儿。她不可能在这儿。没有哪条狗能做到。没有哪条狗能跑那么远的路。她不是莱茜——只是——只是另外一条长得跟她很像的狗。不是莱茜。”

“我的老天爷啊,”公爵气不打一处来,“我的老天爷!你父亲在哪儿?”

乔伊严肃地摇摇头。可他身后,小屋的门打开了,传来他母亲的声音。

“如果您要找山姆·卡拉克劳夫,他在工棚里,一下午都在那儿。”

“这孩子在说什么——我的一条狗在这儿?”

“没有，您搞错了。”卡拉克劳夫太太强硬地说。

“我搞错了？”公爵吼道。

“是的。他没说您的狗在这儿。他说您的狗不在这儿。”

“可恶！”公爵怒冲冲地嚷道，“不要歪曲我的话。”

他眯起眼睛，跨前一步。

“既然他说的是我的一条狗不在这儿，那么也许你能告诉我，我的哪一条狗不在这儿，”公爵得意扬扬地说，“快，快说！回答我！”

乔伊看着他母亲，只见她咽了一口唾沫，抿起嘴唇，左右看看，仿佛希望有人来帮忙。公爵等着她回答，浓眉下一双眼睛愤怒地盯着她。卡拉克劳夫太太深深吸了口气，准备回答。

无论她打算以实相告还是隐瞒真相，都还没有来得及开口，就听见一阵当啷啷的铁链声从一扇门后面传来，然后是山姆·卡拉克劳夫一字一句地说：

“我向您保证，我们这儿只有这一条狗。您说它像您家的哪一条狗？”

乔伊张大嘴巴，刚想不满地喊出来，可当他看见父亲脚边的那条狗，却一下子愣住，什么也喊不出来了。

只见他父亲——柯利犬行家山姆·卡拉克劳夫站在那儿，左脚边有一条没多少人看见过，也没多少人想看见的狗。它安静地坐着，好像训练有素似的，就跟以前的莱茜一样，可是看看它的样子，如果把它跟莱茜相比，就太可笑了。

莱茜的脑袋修长而高贵，这条狗的脑袋却是又粗又笨；莱茜的耳朵优雅对称，这条狗的耳朵却是一只拧着，一只好像德国牧羊犬似的竖着，无论哪个养柯利犬的人看见都会吓得一激灵。

还不止这些呢。莱茜身上的毛黝黑细腻，这条怪模怪样的狗身上却长着一块块难看的黑斑；莱茜胸前铺展着一大片雪白的长毛，这条狗的毛色却是肮脏斑驳，蓝不蓝，灰不灰；莱茜有四只雪白的脚爪，这条狗却只有一只白色的脚爪，其他两只是暗棕色的，还有一只是深灰色的；莱茜的尾巴优雅地拖在身后，这条狗的尾巴却好像是胡乱安上去似的。

乔伊·卡拉克劳夫看着父亲身边的狗，终于明白了。既然狗贩子能够巧妙地把狗的缺点伪装成优点，那么他也能够反过来把所有优点伪装成缺点，这一招对于他的父亲——西约克郡最顶尖的养狗行家——来说，就更不在话下了。

此时，他也明白了父亲那句话的含义。买卖狗和买卖马一样，说出口的话就如同敲定的协议，真正的养狗人是不会收回的。

所以父亲在深思熟虑之后，找到了这个不违背原则的办法。他并没有撒谎，也并没有矢口否认。他只是说：

“您说它像您家的哪一条狗？”

而只要公爵说出“唉，这不是我的狗”，那么这条狗就永远不属于他了。

因此，当公爵瞪着这条狗仔细看的时候，男孩和他父母都注视着他，屏住呼吸等待着。

不过，鲁德林公爵也是懂行的——非常非常懂行。他并没有立刻回答，而是嗒嗒嗒敲着手杖，慢慢走上前去，目不转睛地盯着狗看，然后仿佛梦游似的跪在柯利犬身边，伸出手去，轻轻举起狗的一只前爪，微微翻转过来。他和所有约克郡人一样，都有一双明察秋毫的眼睛。他并没有浪费时间去看一眼它那粗笨的脑袋、扭曲的耳朵和斑驳的毛色，而只是仔细察看狗的脚掌，见五块黑色的肉垫上纵横交错地布满尚未愈合的伤口，那全是荆棘和石砾留下的痕迹。

然后公爵抬起头，呆呆望着前方，过了很久，才站起身，对等在一旁的卡拉克劳夫一家人说话。不过他不再用约克郡口音，而是用绅士与绅士交谈的语言：

“山姆·卡拉克劳夫，这不是我的狗。说实话，她从来就没有属于过我。从来也没有！她连一分钟都没有属于过我！”

说完，他转身朝门外走去，一边挥舞着手杖，一边自言自语：“天啊！真是不敢相信！我的天啊！一千六百多公里！我真是不敢相信啊！”

走到院子门口，他孙女拉拉他的袖子，低声说：

“你是来干什么的？还记得吗？”

公爵仿佛如梦初醒，瞬间又恢复了原来的样子。

“别嘀嘀咕咕的！什么？哦，当然记得。用不着你来告诉我——我还没忘呢！”

他转回身，大嚷起来：

“卡拉克劳夫！卡拉克劳夫！可恶！你上哪儿去了？你躲起来干什么？”

“我还在这儿呢，先生。”

“哦，是的，当然。你在这儿呢。你在干活吗？”

“嗯，在干活。”乔伊的父亲答道。他只能这样回答。

“哼，干活，干活！我是说工作！工作！你有工作吗？”公爵气呼呼地说。

“这个嘛——是这样的……”山姆·卡拉克劳夫支支吾吾地不知道如何说下去，卡拉克劳夫太太上来解围了，就跟约克郡——以及全世界——所有贤妻良母一样。

“我们家山姆还没有正式上班，但他已经有三四个机会，正在考虑，也可以说是正在了解情况吧。不过他还没有说定去还是不去。”

“那就赶紧说不去了，”公爵厉声说，“我正需要人来照管狗，我看卡拉克劳夫……”说到这里，他瞥了一眼还在山姆脚边坐着的那条狗，“……我看你一定是——非常——懂得养狗的。所以说，就这么定了。”

“等等，”卡拉克劳夫说，“您瞧，我是不想给别人惹了麻烦，再抢走他的工作。您瞧，海因斯先生是没办法……”

“海因斯！”公爵哼了一声，“海因斯？这个笨蛋，非让他走人不可了。他都分不出哪个是狗，哪个是卷尾小母马。我早该料到伦敦佬照管狗是不可能符合约克郡人的意思的。现在，我要你来做这份工作。”

“还有一件事没说呢。”卡拉克劳夫太太插话道。

“还有什么事？”

“这份工作您付多少钱薪水？”

公爵撇撇嘴。

“卡拉克劳夫，你想要多少？”

“每星期七镑，一分不能少。”还没等丈夫鼓足勇气开口，卡拉克劳夫太太已经开价了。

不过公爵自己也是约克郡人，用约克郡人自己的话来说，遇到有关钱的问题，要是不抓住任何机会“现实一点”，那就连他自己都要看不起自己了。

“五镑，”他嚷道，“一个便士也不能多了。”

“六镑，十先令。”卡拉克劳夫太太还价道。

“六镑整。”公爵精明地说。

“成交。”卡拉克劳夫太太如老鹰猎食一般毫不犹豫地答道。

两人都兴高采烈，沾沾自喜。对于卡拉克劳夫太太来说，就算是每星期三镑，也是愿意的——而对于公爵来说，他认为找到这个人的价值远远超过了这点钱。

“就这么说定了。”公爵说道。

“嗯，差不多吧，”卡拉克劳夫太太答道，“当然，我猜测……”她很得意自己找到了一个文雅的词，于是又说了一遍，“……我猜测，这样的话，我们应该搬到庄园里住了。”

“夫人，你讲价真狠。不过有个条件，”公爵皱起眉头，生气地提高声音吼道：“只要你们住在我的土地上，就绝不允许那条脑袋蠢、耳朵歪、尾巴乱摇的丑八怪冒充柯利犬进入庄园。听见没有？”

他一边嘀咕着，一边暗暗好笑。山姆·卡拉克劳夫则低着头，不知如何回答。还是乔伊兴高采烈地接口道：“没问题，先生。她大多数时间都会在学校门口等我。不过呢，再过一两天，我们就会把她调教得让您认不出来的。”

“我可不怀疑，”公爵气呼呼地说着，大步朝汽车走去，“我可不怀疑你们完全能做到这一点。哼……我从来就不……”

坐进汽车之后，女孩挨到老公爵身边。

“别这么扭来扭去，”老头不满地说道，“我最受不了别人这么扭了。”

“爷爷，”女孩说，“你真是大好人——我是指他们那条狗的事。”

老人咳嗽了一声，清清嗓子。

“胡说，”他恼怒地嚷嚷，“胡说。等你长大了就会知道，我就是人家说的那种狠心务实的约克郡人。三年前，我就发誓要弄到这条狗，现在我弄到了。”

说着，他慢慢摇摇头。

“可是，为了弄到她，我还得买下那个人。唉，也许这桩买卖也不算最糟。”

第二十二章　好时光重来

乔伊·卡拉克劳夫说，再过一两天他的狗就会变得让人认不出来，这句话既对也不对，就看你认为他的狗原本是什么样子的了。

如果你认为这条狗本来就是那样一个脑袋蠢、耳朵歪、尾巴乱摇的丑八怪，那你当然不会认出她来，因为那是乔伊的父亲略施小计的杰作，这样既能为乔伊留下狗，又不违背他恪守的诚实准则。而如果你认为这条狗应该就是山姆·卡拉克劳夫家那个脑袋修长、高贵优雅的莱茜，那你自然能认出来。

没错，经过几个星期的悉心喂养和得当治疗，莱茜逐渐恢复了昔日的模样。因为自幼得到精心照料而打下的强健体质，这时发挥了作用。憔悴的神态、瘦削的两肋很快消失了，身上白色与棕色相间的长毛恢复了丰美，看起来赏心悦目。只是曾受枪伤的地方，肌肉僵硬，走起路来还略有些跛，虽然山姆·卡拉克劳夫已经想尽办法，甚至用上了独门秘方，却仍然无法治愈。

但是经过他的妙手处理，又时常按摩揉搓肌肉，跛足已非常轻

微，只有养狗行家才能看出莱茜行走时对那条腿稍有“偏袒”。因此，除了最顶尖的高手，一般人眼里的莱茜就是一条十全十美的柯利犬。

现在，从周一到周五，每当快到下午四点的时候，格里诺桥村的店家又会朝门外张望，一看见那条狗雄赳赳地从街上走过，他们就会说：“要想对钟，看莱茜就行！”过不了几分钟，乔伊·卡拉克劳夫就会走出学校，和他的狗碰面，然后一起开开心心地回家。

小乔伊曾向公爵保证说那条狗每天都会去学校等他——这句话也不准确，因为后来有一段时间莱茜再也不去学校门口了。但奇怪的是，乔伊并不介意，反而非常高兴，一个人往家走的时候，心里还偷偷乐滋滋的。

有一天他吹着口哨回家，在公爵庄园的石子路上又见到了那个女孩。

不知怎么，乔伊有点同情她。她看上去不如村里的小姑娘那么健康结实。

“你好。”他招呼道。

“你好。”她应道。

接下来就好像没什么可说的了，但乔伊依然站着没走。

“我去很远的地方上学了。”她说。

“是吗？”

“嗯，不过现在放假了。”

他严肃地想了想，然后郑重地说：

“我们还要过一个星期才放假。”

又是一阵沉默。这回还是女孩先开口：

“莱茜好吗？”

乔伊开心地笑起来。他四下里看看，仿佛怕有其他人听见。

“你过来瞧瞧。”那口气仿佛是在表示友好。

乔伊在前面引路，来到他家的小屋前。只见屋子的白墙边种着一溜高大艳丽的蜀葵。他推开门。

“妈妈，”他说道，“我们来看看莱茜。”

“哟，小姐，快请进。”乔伊的母亲一边说着，一边扯扯围裙，又掸了掸已经摆上茶点的白桌布，虽然上面并没有一丝灰尘。

乔伊走进阴凉的洗涤间。昏暗的角落里放着一个低矮的大箱子，莱茜正趴在箱子里，身边睡着七只圆滚滚的小绒球。

“你瞧，”乔伊骄傲地说，“我们让她待在这儿，因为她在狗舍里待得不舒心。毕竟莱茜是家养的狗嘛。”

女孩蹲下来，伸出食指碰碰其中一只小绒球。小家伙便仿佛喝醉酒似的打了个嗝。

两个孩子不禁哈哈大笑。女孩问道：“它们睁开眼睛了吗？”

乔伊得意地解释起来：

“当然喽。出生十天就睁眼了，它们都已经三周大，已经会跑了呢。只不过，它们大多数时间还是在睡觉。”

莱茜抬起头。乔伊微笑着，轻轻抚摸她。

“你真了解它们啊。”女孩佩服地说。

“嗯，她以前也生过一窝小狗崽的，”乔伊说，“所以我记得当时的情形。现在嘛，又跟以前一样了，对不对，莱茜？”

他蹲在那儿，凝视着他的狗。的确，现在很多方面已经都跟以前一样了——他近来经常这样想。

女孩告辞的时候，母子俩礼貌地邀请她下次再来看小狗崽。之后乔伊依然在思考那个问题，仿佛觉得自己即将揭开生活中的某个答案，而这个答案此前他从未发现过。

现在的确跟以前一样了。当然，他们换了住处，但生活基本上又回到了一年以前的样子。

比如说，早上喝燕麦粥的时候，如果他多加一大勺糖，母亲再也不会呵斥他说：“留点神，小伙子！糖是要花钱买的！”

又比如，当他顶着约克郡的寒风回到家里，嚷嚷着肚子饿的时候，母亲脸上再也不会露出那种忧虑却又不敢明说的神情，相反，她会乐呵呵地说：

“天啊，怎么才能喂饱你啊！你吃下去那么多东西，都上哪儿

去了？”

话虽这么说，可是她的口吻却是为儿子的好胃口而骄傲的，就跟以前一样。

当乔伊突然踏进家门的时候，父母再也不会立刻停止谈话；他上床之后，也不再会听到父母焦躁地争论，时而提高嗓门，时而又压低声音；父亲每天回到家里，也不会疲倦地板着脸，一言不发地坐在壁炉边，盯着炉火发呆了。

现在，当石子路上传来父亲的脚步声，母亲立刻就忙碌起来，一边高声说道：

“赶紧！你爸爸回来了！当心——滚烫的要上来啦！”

说着，她便在炉火和餐桌之间来来回回，从烤箱里迅速捧出热气腾腾的碗盘，仿佛世界上最重要的事情就是在听见丈夫脚步声到他开门进屋这短短的时间里，将所有东西摆上桌。

然后，她就站在那儿，双手叉腰，说道：“山姆，赶紧洗洗！晚上吃羊头和面疙瘩——晚了就没了！”

就是这样——跟以前一模一样。而父亲呢，也和以前一样，在桌边坐下，低头看看饭菜，然后抬头问道：

“我们的乔伊今天过得怎么样？在学校里好好用功了没有？”

以前也是这个样子——只是有一天突然变了——而现在，一切又都恢复了原样。这是为什么呢？

那天吃晚饭的时候，乔伊一直在思索这个问题。吃完饭，莱茜从容地走进来，他便挨着她在地毯上坐下，轻轻抚摸着她。这时候，他觉得自己找到了答案。

是因为莱茜！当然，肯定就是这么回事！莱茜还在家里的时候，一切都好。后来她被卖了，被带走了，日子就都变了样。而现在，她回来了，家里立刻恢复正常，一家人又变得开开心心的了。

“她回家来，就给我们带来了好运，”他心想，“没错，她回家来，就给我们带来了好运。”

他轻轻哼了一声，将头埋在狗的胸前。莱茜惬意地吐了一口气。

这时，他母亲说道：

“好了，乔伊，别跟狗一起趴在我的地毯上了，弄得到处都是毛。咦，你今天晚上怎么不说话了？”

乔伊笑起来，悄悄对狗说道：

“你是一条会回家的狗，对不对，莱茜？是的，你回家来，就给我们带来了好运。因为你会回家。我的好莱茜，你会回家。我就叫你会回家的莱茜！”

母亲却又吼起来：

“乔伊·卡拉克劳夫，我的话你听见没有？你把她弄得不舒服了。她还得照顾一窝小狗崽呢。这点事儿你还不明白？”

乔伊从壁炉边挪开了一点，又伸手抚摸心情也同样愉快的莱茜。突然，他严肃地抬起头来。

“哟，爸爸，”他说道，“我都摸到她的肋骨了。”

父亲将椅子转向壁炉，惬意地伸开腿，然后点起烟斗，微笑起来。

“爸爸，你不觉得她有点瘦吗？”乔伊忧心忡忡地说，“我觉得可以让她多吃一点牛肉，少喝一点牛奶！”

“你真这么觉得？”母亲一边将刚刚洗好、还冒着热气的盘子堆好，一边絮絮叨叨地说起来，“是这样吗？你觉得可以让她多吃一点牛肉。哈，要是你连这点养狗的招数都不知道，还怎么配姓卡拉克劳夫，怎么做约克郡人！哼，有时候啊，我就觉得这个村子里的某些人心里只想着狗，他们对狗啊比对自己的亲骨肉还要亲。狗、狗、狗——等这窝狗崽大了，她该上哪儿就上哪儿去，我可不允许家里再养一条狗了……”

这时候，乔伊抬头看看父亲，只见父亲正低着头，眼睛往下瞟呢。他抬起手，伸出一根指头，笑嘻嘻地按在鼻子旁边。

这个手势隐含的意思就是：

“乔伊，女人的话你不要太放在心上。她们很辛苦，整天都得待在家里，忙着洗涮做饭，所以如果她们唠唠叨叨，说出一些难听的话，我们就应该由着她们发泄发泄。不过我们都知道她们并不是当真的，我们男人当然都知道——我们是男人嘛！”

父亲微微一笑，乔伊也跟着呵呵笑起来。原来男人就是这样心照不宣地随着女人唠叨，这真是太好玩了，乔伊忍不住哈哈大笑起来。母亲听见他越笑越大声，便回过头来，说：

“好啊，你在笑我！看我怎么教训你！我要好好收拾你！”

话音未落，母亲手里的洗碗布便甩了过来，乔伊连忙滚到一边。

“我可没有笑你啊，妈妈！”

“那你在笑什么？”

“我在笑爸爸。他扮鬼脸嘛！”

卡拉克劳夫太太扭头看着丈夫。

“这么说来，是你啊！那我也要收拾你了！”

她走到跟前，却见父亲伸出两只有力的大手，一手握住母亲闪着水珠的手腕，一手搂住她壮实的腰，卡拉克劳夫太太便立刻动弹不得了。父亲看着乔伊，微笑道：

“瞧你妈妈。你说谁是我们村里最漂亮的女人？”

“当然是妈妈啦！”乔伊理直气壮地说出了心里的答案。

卡拉克劳夫太太哈哈大笑。

“你们两个呀，”她说，“真是一个模子里刻出来的。你们串通起来糊弄我。”

“才不是呢。我和儿子说的都是大实话。而且啊，不仅漂亮，还很有分量呢!”

“哦,原来你是说我胖啊!好啦,快放手,山姆·卡拉克劳夫,我还要洗碗呢!”

可父亲就是不松手,母亲便去揪他耳朵,他也不还手,只是低头护着烟斗。两人一起大笑着。

这场景也跟以前一模一样——父母俩又是那么快活了。

乔伊不再理会父母。他把头凑到狗面前,悄悄说道:

“你就是我的会回家的莱茜。”

《莱茜回家》译后记

◎ 方晓青

《莱茜回家》是英国小说家、剧作家埃里克·奈特的代表作品，1940年甫一问世，便获得读者和评论界的广泛好评。之后数十年，小说的影响力经久不衰，还被多次搬上银幕和荧屏，成为名副其实的儿童经典。奈特所塑造的那条坚忍、聪慧、有情有义的柯利犬莱茜也作为“灵犬”的代名词而家喻户晓。

故事发生在英格兰北部西约克郡的一个小矿村。莱茜是一条出类拔萃的柯利犬，是主人山姆·卡拉克劳夫一家的骄傲，尤其跟家里的小儿子乔伊感情笃厚，每天下午都会准时出现在学校门口，等待乔伊放学。然而时值经济大萧条，山姆工作的煤矿倒闭，一家人迫于生计，不得不将心爱的莱茜卖给富有的鲁德林公爵。莱茜三次从公爵家逃回到乔伊身边，又三次被诚实耿直的卡拉克劳夫一家送回。后来公爵将莱茜带到遥远的苏格兰，但远在异乡的莱茜依然不忘旧主，义无反顾地踏上了回家之路。经过长途跋涉，终于拖着病弱之躯，回到卡拉克劳夫一家人身边。

莱茜的故事中渗透着奈特自己的许多人生体验。奈特本人就非常喜爱狗，他与妻子曾在美国宾夕法尼亚州拥有一个农场，养了许多狗，后来他们迁居加州，又养了一条柯利犬。这条柯利犬不仅是他们的挚友，也成了莱茜这个形象的灵感来源。奈特对于狗的热爱和了解在这部小说中展现得淋漓尽致。莱茜作为家养的狗，曾接受过如何与人相处的严格训练，但在穿越荒野的漫漫旅途中却遭遇到许多前所未有的险阻，不得不经受自然的无情考验。她凭借坚强的意志和聪慧的秉性，逐渐适应了严酷的野外环境，并克服重重困难，完成了常人难以想象的艰苦旅程。莱茜的冒险经历固然了不起，但奈特并没有将她渲染成具有人类的智慧和品格，而只是还原了一条真实的柯利犬。她不会推理、不会思考，更没有成为英雄的企图，她的一切行为只是出于无意识的感觉，只是受到归巢本能的驱动和与生俱来的时间感、方向感的指引。虽然奈特刻画了莱茜与卡拉克劳夫一家的感情，但并没有将她不远千里、返回故乡的行为渲染为对主人的“忠诚”，或从道义的角度加以褒扬，那些只是人类以自我为中心的标榜。与我们时常看到的动物故事不同，奈特笔下的主角是一条真实的狗，而不是一个披着动物外衣的人。

虽说莱茜是故事的绝对主角，但人类在她的旅途中也扮演了重要的角色。在莱茜遇到的形形色色的人物中，最令人感动的是一对家境贫穷的老夫妇。他们拿出微薄的积蓄，以全部的爱心来救治身负重伤的莱茜。他们希望把她留在身边，给自己孤单平淡的生活添一份温情与生动。然而，当他们意识到莱茜负有某种“使命”之后，又大度地放她离开。莱茜与走江湖小贩之间的故事也非常精彩。小贩熟悉狗的习性，他看透了莱茜的心理，试图慢慢收服这条聪明漂亮的柯利犬。但他始终将莱茜视为平等的伙伴，并不妄想成为它的“主人”，在他们携手对抗歹徒、共渡难关之后，他仍没有用强力带走莱茜，而是决定尊重她的选择。这些人对动物怀有的理解与宽容令人钦佩，莱茜的形象也因此更为丰满——她不是一件附属于人类的宠物，而是一个具有鲜明个性的独立生命。

莱茜一路上遇到许多爱狗的人，比如从莱茜身上看到苏格兰民族精神的老渔夫，对莱茜有一饭之恩的主妇，以及挺身而出、从捕狗员手中解救莱茜的一对年轻人，他们都表现出普通人的善良和同情。而与此同时，她也遇到了一些厌恶狗的人，比如公爵家自以为是的养狗人，城市里的捕狗员，以及小镇里的警察和顽皮的男孩，他们对莱茜怀着恶意和戒心，残忍地虐待她、驱赶她——尽管她对他们丝毫未构成任何伤害。奈特笔下的各种人物，让我们反思应该如何对待动物，不单是生活中常见的那些动物，还包括与我们共存于这个地球的所有动物，反思我们对它们的态度究竟是傲慢的还是平等的，是友好的还是恶意的。

莱茜的故乡西约克郡也正是作家奈特出生和成长的地方，小说生动描绘了那里的自然风光，又饱含感情地刻画了当地人的鲜明性格，其中自然以莱茜的主人卡拉克劳夫一家为典范。他们性格倔强而心地纯良，即便身处贫困，也依然恪守忠诚正直的为人信条，绝不为金钱放弃底线。对于权贵，他们不卑不亢；对于家人，他们满怀理解和温情；对于生活的坎坷，他们抱有清醒的认识。严守本分，注重尊严，这就是他们朴素的人生哲学。对卡拉克劳夫一家而言，莱茜不仅带来简单朴实的快乐，是他们温暖和睦的家庭氛围的一部分，更重要的是，她已成为他们在金钱面前保持自尊的象征。从这个意义上来说，狗的形象已和人的形象融为一体。

《莱茜回家》不仅是一部狗的传奇，也是一个关于宽容、正直和勇敢的故事。当我们最后看到莱茜终于回到熟悉的壁炉边，与爱她的乔伊依偎在一起，这场景固然温馨，但更牵动我们内心的，也许还是那个在荒野中蹒跚独行的莱茜，是她面对白浪翻滚的大河时的迷惘，是她蜷缩在灌木丛中舔舐伤口时的沉静，以及她在漫漫风雪中仰天长啸时的绝望。莱茜真正的灵魂究竟在哪里？

（本文作者系文学硕士，长期从事教育出版工作，译有多本儿童文学作品）

附录一

作家档案

1897年4月，英国小说家、电影剧作家和评论家埃里克·奈特出生于英格兰西约克郡，也就是莱茜的故乡。他两岁时，父亲就死于南非的布尔战争，之后母亲远赴俄罗斯圣彼得堡做家庭教师，小埃里克则由亲戚抚养长大，边读书边工作。15岁时，母亲远嫁美国，他也一起移居大洋彼岸。随后，奈特进入马萨诸塞州坎布里奇拉丁学校学习音乐和艺术，毕业后担任过爱荷华大学讲师，写过电影评论，还创作过电影剧本。他参加过两次世界大战，先后在加拿大陆军和美国陆军服役。二战期间，美国政府为了宣传抗战，拍摄了系列纪录片《我们因何而战》，奈特参与了其中《不列颠之战》的创作。1942年奈特加入美国国籍。1943年1月，身为美军少校的奈特搭乘飞机前往北非执行公务，飞机不幸在荷属圭亚那（今苏里南）坠毁，机上35人全部遇难，这在当时是西半球最严重的一起空难。奈特获追授美国功勋勋章。

也许是个人经历的关系，两次世界大战和英国工人阶级生活成为奈特作品的两大主题。他的代表作除了以故乡约克郡为背景的《莱茜回家》，还有以二战中英国战事为背景的小说《这高于一切》。故事通过两个阶级出身迥异的年轻人之间的爱情，表达了对阶级鸿沟、对战争意义的思考。这部小说和《莱茜回家》一样，也被改编成电影，并获得了1942年奥斯卡最佳艺术指导奖。奈特的其他作品，如小说《生活的邀请》、《你的军号之歌》等，也大多描写残酷的战争对于普通英国人生活和心灵的深刻影响。而他的最后一部小说《飞行的约克郡人》却呈现出另一种面貌。这部作品取材于约克郡的民间故事，以幽默的笔调表现了约克郡人乐观、坚强的独特性格。作者说这些故事根植于他的血液，成长于他的内心，而他将它们写下来则是为了治疗“乡愁”。

埃里克·奈特留给这个世界的不仅仅是忠诚、坚毅的柯利犬莱茜，还有捍卫正义、热爱故土的精神力量。

附录二

作品万花筒

《莱茜回家》是英国小说家、剧作家埃里克·奈特的代表作品。1938年12月，故事初次发表在美国一份影响颇广的周刊《星期六晚报》上，1940年，奈特将它扩展成长篇小说，一出版便成为畅销书，获得了读者和评论界的广泛好评，并拿下1943年的青少年读者票选奖。小说讲述一条离家千里的柯利犬历经磨难返回故乡的故事，细腻刻画了狗的精神世界，表现了人与狗之间的真挚情谊，其震撼人心的力量感染了无数小读者，作品因此而跻身儿童文学经典之列。

不过，莱茜的影响力之所以能经久不衰，甚至最终成为一个文化符号，还得益于故事诞生后各个时代电影人和电视人的推波助澜。1943年，米高梅公司首先将小说改编成电影，之后八年间又一口气拍摄了七部姐妹片。电影不仅使柯利犬莱茜的形象广为人知，也使初出茅庐的童星伊丽莎白·泰勒从此踏上星光之路。1954年，莱茜登上电视屏幕，根据小说改编的电视剧《莱茜》一播就是19年，赢得两座艾美奖奖杯，服装、玩具等衍生产品更是层出不穷。在这两部经典之后，莱茜和男孩的故事被多次搬上银幕和荧屏，虽然这些影视作品的背景往往随时代变迁而有所改变，但人与狗的真挚情谊却贯穿始终，一次又一次打动了观众。1993年，1943版电影《莱茜回家》被收入美国国会图书馆的收藏电影目录。

图书在版编目(CIP)数据

莱茜回家 / (英) 埃里克·奈特 (Eric Knight) 著; 方晓青译. —南京: 译林出版社, 2016.8
(世界经典动物小说精粹)
书名原文: Lassie Come-Home
ISBN 978-7-5447-6426-1

I. ①莱… II. ①埃… ②方… III. ①长篇小说-英国-现代 IV.①I561.45

中国版本图书馆 CIP 数据核字 (2016) 第129660号

书　　名　莱茜回家
作　　者　[英国] 埃里克·奈特
译　　者　方晓青
丛 书 名　世界经典动物小说精粹
主　　编　沈石溪
策　　划　吴童文化
执行策划　童海青
责任编辑　周　璇
插　　图　张亚宁
出版发行　凤凰出版传媒股份有限公司
　　　　　译林出版社
出版社地址　南京市湖南路1号A楼, 邮编: 210009
电子邮箱　yilin@yilin.com
出版社网址　http://www.yilin.com
经　　销　凤凰出版传媒股份有限公司
排　　版　南京展望文化发展有限公司
印　　刷　南京爱德印刷有限公司
开　　本　880毫米×1230毫米　1/32
印　　张　8
字　　数　128千
版　　次　2016年8月第1版　2016年8月第1次印刷
书　　号　ISBN 978-7-5447-6426-1
定　　价　22.00元
　　　　　译林版图书若有印装错误可向出版社调换
　　　　　(电话: 025-83658316)